LE NEVEU
D'UN LORD

PAR

Jules Lacroix,

Auteur d'une Grossesse, etc.

I

PARIS.

AMBROISE DUPONT, ÉDITEUR

DES SOUVENIRS D'UN ENFANT DU PEUPLE, PAR MICHEL MASSON,
7, rue Vivienne.

—

1859.

LE NEVEU

D'UN LORD.

I

IMPRIMERIE D'AD. ÉVERAT ET Cⁱᵉ,
rue du Cadran, 14 et 16.

LE NEVEU

D'UN LORD

PAR

Jules Lacroix.

I

PARIS,

AMBROISE DUPONT, ÉDITEUR

DES SOUVENIRS D'UN ENFANT DU PEUPLE, PAR MICHEL MASSON,

7, RUE VIVIENNE

—

1859.

LE NEVEU

D'UN LORD.

I.

Il y a vingt ans à peu près, lord Édouard Felton, un des plus riches et des plus nobles seigneurs d'Angleterre, habitait un magnifique château bâti sur le bord de la mer, dans le nord du Cumberland : ce château, flanqué de tourelles, et crénelé comme les donjons du moyen âge, avait soutenu autrefois bien des siéges, surtout pendant les guerres des Stuart; et lord John Felton, comte de Trévor, aïeul de lord Édouard, avait mieux aimé laisser bombarder ses murailles, et mettre le feu aux belles forêts de chêne qui les environnaient, que de livrer à la vengeance de Guillaume III l'intrépide Claverhouse, qui s'était réfugié quelque temps dans cette espèce de place forte.

Le château des Felton était construit, du côté de la mer, sur un immense rocher à pic, que les vagues venaient toujours battre en mugissant; il y avait dans ce tableau sauvage et pittoresque quelque chose de profondément mélancolique. De l'autre côté du château se déroulait une scène bien différente : ce n'étaient plus ces larges pans de murs carrés, tout noircis par le temps et les orages, tout creusés de boulets, ces fenêtres étroites et peu symétriques, qui

servaient jadis de meurtrières, ces roches brunes
et pointues, toujours pleines d'écume et de
longues herbes marines, parmi lesquelles venaient s'abattre les goëlands. Une imposante
et riche façade, d'une architecture récente, se
développait avec une inconcevable grandeur, et
devant elle se prolongeaient de vastes jardins,
des parcs touffus, de verdoyantes pelouses, et
des étangs limpides où nageaient des troupes
de cygnes.

Lord Édouard Felton était comme son château, sombre, mélancolique et sévère au premier coup d'œil, lorsqu'on n'entrevoyait qu'une
face de son caractère ; toujours plein de noblesse,
de grâce et d'aménité ; doux et poli, d'une hospitalité charmante pour ceux qu'il aimait, et
qui avaient le bonheur de le connaître à fond.
Comme il s'était retiré fort jeune encore du
monde politique pour aller vivre dans un ma-

noir solitaire, il passait pour être singulièrement
misanthrope, et son humeur pouvait sembler
parfois un peu sauvage et bizarre ; mais on n'aurait pu s'empêcher d'estimer ce noble et loyal
gentilhomme qui avait conservé l'empreinte
chevaleresque des premiers temps de la vieille
Angleterre. Lord Felton avait un grand nombre d'amis, chauds, dévoués, à toute épreuve ;
et, chose bien rare, lui, riche et puissant, il
ne comptait pas un seul ennemi.

Lord Felton n'avait alors guère plus de quarante ans ; brun, grand, d'une taille svelte et
fine, il avait une de ces physionomies belles et
distinguées, qu'on ne trouve habituellement que
dans les hautes familles ; mais sa figure, presque
toujours pâle, révélait une santé faible et dé-
licate ; ses tempes, où apparaissaient déjà quelques cheveux gris, commençaient à se dégarnir,
et des rides précoces sillonnaient son front.

Marié depuis sept ans à une femme qu'il adorait, tous ses jours s'étaient jusqu'alors écoulés dans un bonheur calme et délicieux, qu'une pensée amère altérait pourtant quelquefois : il n'avait pas d'enfant ! il n'avait pas un fils, auquel il aurait pu transmettre sa grande fortune, ses titres, ses honneurs ; et, selon toute apparence, il était destiné à mourir sans postérité.

Il avait bien un neveu, sir Frédéric Cléland, jeune et brillant mauvais sujet, grand joueur, damné lovelace qui changeait tous les jours de maîtresse, et dépensait des sommes énormes en courses de chevaux, en paris de boxeurs, en combats de coqs. Sir Frédéric n'avait recueilli, après la mort de ses parents, qu'un assez mince héritage, qu'il avait dévoré en deux ou trois ans à peine ; néanmoins, il menait toujours à Londres un train royal ; il faisait des dettes prodigieuses ; et, pour assouvir un jour l'appétit

vorace des juifs qui lui prêtaient à d'effroyables
taux usuraires, il comptait posititivement sur
la fortune de son oncle, dont il était le plus
proche héritier. Mais sir Frédéric ne semblait
pas devoir continuer très-dignement l'antique et
illustre famille des Felton, qui d'ailleurs courait
grand risque de s'éteindre si elle n'avait plus
d'espoir qu'en ce jeune libertin ; car il vivait
en si mauvaise intelligence avec presque tous les
maris des trois royaumes, qu'il pouvait fort bien
recevoir, d'un moment à l'autre, un coup d'épée
ou de pistolet, qui ferait tomber l'immense fortune de ses ancêtres dans les coffres de l'état.
Malgré les conseils paternels et le blâme sévère
de lord Felton, Frédéric passait régulièrement
toutes ses nuits dans les Enfers de Londres,
épouvantables cavernes qui méritent bien leur
infernale dénomination : toujours environné
d'escrocs adroits qui l'exploitaient, il n'avait
guère à se louer des jeux de hasard ; il voyait

disparaître à chaque instant sous l'avide rateau des sommes considérables qu'il empruntait à mesure ; et, loin de songer à l'abîme fatal qui s'approfondissait continuellement sous ses pas, il poursuivait son train de vie désordonné, sans la moindre inquiétude de l'avenir, sans même penser jamais que son oncle pouvait encore avoir des héritiers.

Cependant sir Frédéric se laissa emporter à de si folles dépenses, qu'il trouva bientôt les usuriers beaucoup moins traitables , et que, pour satisfaire aux exigences de plusieurs d'entre eux, il fut obligé de consentir à des sacrifices qui ébranlèrent considérablement son crédit.

Une ou deux fois par an, quand il était bien fatigué du tourbillon et des plaisirs de Londres, il allait faire une visite de quelques jours à son oncle, et déployait tous les trésors de sa galanterie auprès de lady Felton, qu'il environnait de soins et de prévenances délicates; mais il n'avait jamais pu réussir à lui plaire, et, bien qu'elle fît tout son possible pour dissimuler l'antipathie étrange que lui inspirait son neveu, celui-ci comprenait fort bien qu'elle ne pouvait le souffrir, et, malgré tous les compliments flatteurs qu'il prodiguait à cette charmante et noble créature, il la détestait au fond du cœur. Il est vrai qu'autrefois Cléland avait éprouvé pour sa tante une passion coupable qu'il n'avait jamais osé découvrir qu'à demi, et cet amour criminel et insensé, n'ayant aucune chance de réussite, s'était métamorphosé silencieusement en aversion profonde, en désirs de vengeance. Lady Felton passait alors pour une des plus ravissantes femmes d'Angleterre : elle était resplendissante de beauté, de grâces et d'esprit; âgée de vingt-quatre ans à peine, elle avait une expression de physionomie délicieuse, quelque chose de vague et d'idéal comme les fictions vaporeuses d'Os-

sian ; ses cheveux d'un blond doré , ses grands
yeux d'un azur limpide, sa blancheur d'albâtre,
lui donnaient une poétique ressemblance avec
ces blanches filles de Morven , qu'on entrevoyait
pensives et mélancoliques à travers un voile de
brouillards.

Lady Felton était fille d'un lord écossais qui
lui avait laissé des biens considérables, mais
l'amour seul l'avait unie à lord Felton. Celui-ci
aimait sa femme comme au premier jour, avec
délire ; et bien qu'elle eût douze ou quinze ans
de moins que lord Felton , bien qu'elle fût encore dans tout l'éclat de la jeunesse et de la
beauté , son amour égalait celui du comte. Ils
allaient rarement à Londres, et ne se trouvaient
jamais plus heureux que dans leur sauvage et
froid Cumberland. Lady Felton voulait partager
tous les plaisirs comme toutes les fatigues de son
mari : elle le suivait à cheval des journées entiè-

res , et parcourait avec lui le bord des lacs et les
montagnes pour chasser le renard et les coqs
de bruyère. Cette vie agreste et rude plaisait
encore plus à la jeune et belle comtesse, que
toutes les joies enivrantes de Londres , les bals
et les fêtes, où, parmi les plus adorables femmes,
elle resplendissait toujours comme une perle
fine enchâssée dans l'or. Lady Felton n'avait
qu'à paraître dans un salon pour attirer tous
les regards des hommes et faire battre les cœurs;
mais toujours simple , douce et affable , elle ne
devinait pas ses triomphes, et n'avait pas une
pensée d'orgueil au milieu d'un cercle d'ado-
rateurs. Néanmoins quelques femmes jalouses
osaient dire à voix basse qu'elle était fière et
coquette , que son air de candeur pouvait bien
n'être qu'un masque; mais de pareilles alléga-
tions, dans la bouche des femmes, devaient
sembler passablement suspectes à tout juge
impartial : nous savons que les femmes ont la

morsure et le venin du serpent lorsqu'elles par-
lent d'une rivale environnée d'hommages, d'une
rivale jeune, belle et vertueuse.

On citait bien trois ou quatre jeunes lords,
des plus riches, des plus nobles, des plus audacieux, qui avaient osé parler d'amour à lady
Felton ; mais, suivant toute apparence, aucun
d'eux ne songeait à renouveler ses vaines atta-
ques, excepté peut-être le colonel William
Humbers, beau jeune homme de vingt-neuf ou
trente ans, dont l'âme ardente, romanesque et
passionnée, ne pouvait s'affranchir d'un amour
fatal et sans espoir, qui devait l'entraîner tôt
ou tard au suicide.

Bien que lady Felton n'eût jamais encouragé
la passion folle de ce jeune homme, il ne pouvait
renoncer au bonheur qu'il avait rêvé tant de fois
dans ses nuits brûlantes ; il se disait par moment que cette femme au cœur tranquille et

froid se laisserait peut-être un jour fléchir, à force de persévérance et d'amour ; enfin il avait juré de mourir ou d'être heureux.

II.

Il était sept heures : la journée s'annonçait belle et brillante, mais un vent assez froid soufflait de la mer ; on était dans les premiers jours d'octobre.

Lord Felton et sa femme, qui se levaient

toujours de bonne heure pour se promener à
cheval aux environs du château, et respirer
l'air pur et embaumé du matin, étaient depuis
quelques moments dans un grand salon gothi-
que, meublé à la mode de Guillaume III, et fas-
tueusement décoré de moulures et d'arabesques
d'or. Dans une vaste cheminée, au manteau
de marbre, enrichi de sculptures, brûlait
un feu de charbon de terre, sur lequel s'é-
tendaient de longs fragments de bois de chêne
qui flambaient avec un bruit sourd, et jetaient
de rouges clartés sur les murailles peintes et
brillantes.

Lord Felton, assis à côté de sa femme, en
face d'un balcon à balustre de pierre, contem-
plait pensivement, à travers les vitres, la mer
éblouissante d'écume qui se prolongeait dans un
lointain immense : tableau magique et plein de
grandeur qui portait dans l'âme une mélancolie

profonde ! A l'horizon, on voyait blanchir quelques voiles au-dessus des vagues ondoyantes, où
se brisaient en mille feux les rayons du soleil
levant ; par intervalles, de grands oiseaux de
mer, aux ailes grises, s'abattaient sur les flots
avec la rapidité de la foudre, et remontaient
dans le ciel comme des flèches vigoureusement
lancées ; puis, ils venaient encore raser la sur-
face de la mer, ou battre des ailes contre les
donjons noircis du château, et tournoyer au-
dessus du balcon.

Lord Felton, un bras doucement passé autour
de la taille élégante et souple d'Henriette, la regardait en silence avec une expression de tendresse ineffable. Elle, sans dire une parole, et
plongée comme lui dans une rêverie profonde,
promenait aussi un regard pensif sur le tableau
mouvant et grandiose qui se développait devant eux.

I.   2

— L'admirable journée ! s'écria tout à coup lord Felton, en pressant contre son cœur Henriette avec plus d'amour.

Henriette, arrachée soudain à ses réflexions, répéta machinalement la phrase de son mari, et se mit à sourire en le regardant avec un mélange de bonheur et de tristesse.

— Mais, en vérité, que faisons-nous donc ici ? continua lord Felton, en étendant le bras vers une sonnette d'argent qui était placée sur une table. Mon cher ange, nous sommes vraiment aujourd'hui d'une paresse inexcusable ! voilà près d'une heure que nous devrions galoper au milieu des bruyères.

— C'est vrai, mon ami, répondit Henriette ; mais je ne demande pas mieux que de profiter du beau temps, si vous êtes disposé à faire un tour de promenade.

— De grand cœur !

Et lord Felton agita vivement la sonnette ;
un domestique parut presque aussitôt.

— Ralph , sellez nos chevaux.

— Oui , milord.

Le domestique s'inclina et sortit.

— Et de quel côté irons-nous , Édouard ? demanda lady Felton.

— Ah ! vraiment, j'y pense, Henriette, il faut
absolument rendre visite à ce brave sir William Humbers.

— A sir William Humbers ? reprit lady Felton , avec une intonation pleine de surprise et
de contrariété.

— Oui , sans doute, mon ange ; tu sais bien
que voilà plus de huit jours que nous devons

l'aller voir dans son château. Jusqu'à présent,
nous avons toujours remis ce petit voyage, car
les routes étaient bien mauvaises à cause des
pluies ; mais actuellement nous n'aurions plus
d'excuse, et cet excellent William pourrait trouver que nous le négligeons un peu. Allons,
Henriette, du courage ! nous aurons bientôt
franchi cinq ou six milles, grâce aux bonnes
jambes de nos chevaux, qui depuis hier doivent
mourir d'ennui et d'oisiveté dans leur écurie.
Comme sir William va jeter des cris d'admiration, lorsqu'il t'apercevra sur ta belle an-
dalouse aux pieds de gazelle, qu'on prendrait
de loin pour un oiseau qui vole avec toi dans
les airs, comme dit notre poétique ami !

—Oui, beaucoup trop poétique, répliqua lady
Felton, avec une inflexion étrange. Mais franchement, Édouard, je ne suis pas en train aujourd'hui d'entendre ses belles comparaisons ;

et, si tu veux, nous irons ailleurs qu'au château
de sir William.

— Oh! tu es cruelle pour ce pauvre garçon,
mon ange, dit lord Felton en secouant la tête
avec un sourire mêlé de tristesse. Je ne sais
vraiment pas ce qu'il a pu te faire, mais tu ne
peux le souffrir! Allons, je t'en prie, viens;
nous aurions tort de remettre une visite que nous
avons déjà trop différée. Oui, nous serions
des ingrats. William Humbers nous aime véritablement, c'est pour être dans notre voisinage
qu'il vient d'acheter le château de lord Craffort.
Tu dois convenir qu'il nous accable de soins,
de prévenances et de politesses?

— Il nous accable! oui, c'est le mot! répondit Henriette avec une intention marquée; depuis trois mois à peu près qu'il habite ce manoir,
il ne reste pas deux jours sans venir ici. Fran-

chement , il aurait bien mieux fait de passer l'hi-
ver à Londres ; il s'ennuierait beaucoup moins,
sans doute, à la cour de Saint-James, que dans
cette rude et froide nature du Cumberland qui
ne convient guère aux citadins.

— Mais tu ne songes donc pas, Henriette, que
Londres est maintenant la plus triste ville du
monde ? La cour est en deuil ; pas de bals, pas de
fêtes. Depuis la mort de Georges III , c'est une
résidence bien maussade ! je ne conçois pas
qu'on y puisse vivre.....

Lord Felton parlait encore, lorsque le domestique rentra et vint dire que les chevaux étaient
prêts.

— Allons , décidément tu ne veux pas venir ?
demanda lord Felton d'une voix douce et caressante ; tu ferais pourtant bien plaisir à ce
cher William !

— Je n'y tiens pas le moins du monde! repartit Henriette. Édouard, puisque tu veux
absolument lui faire une visite, vas-y tout seul ;
moi, je reste : je suis fâchée de ne pouvoir t'accompagner, mais j'ai mes raisons..... Sir William s'imaginerait qu'on ne peut demeurer
vingt-quatre heures sans le voir... je veux lui
prouver que je me passe très-bien de sa présence.

— Douce et charmante capricieuse, tu n'as
pas toujours dit la même chose, pourtant ! Autrefois tu lui rendais bien mieux justice ; son
absence te causait un vide !... et tu n'étais jamais
plus heureuse que de causer littérature, histoire
et poésie, avec ce jeune homme dont la conversation est si intéressante !

— C'est possible, Édouard ; mais on se lasse
de tout.

— Quoi ! même de l'amitié? interrompit lord

Felton avec un accent de reproche amical. Non, décidément, tu n'es pas juste pour ce pauvre William ; tu dois avouer que c'est un peu d'ingratitude, car tu n'as pas d'ami plus dévoué, plus fidèle ! Foi de gentilhomme ! il se jetterait dans le feu pour te plaire.

— Eh bien ! mon cher Édouard, répondit-elle en souriant, il ferait là, je te jure, une grande sottise, et j'apprécierais fort mal un si chaud dévouement. Non, vois-tu, il est trop romanesque, trop complimenteur, et je ne puis souffrir les gens qui ont toujours à la bouche de grands mots sonores, de grands sentiments boursouflés comme les Amadis des Gaules et les Palmerin d'Angleterre.

— Tous ces grands sentiments, reprit lord Felton d'un air grave et solennel, je t'assure qu'ils viennent de son cœur, et non pas seule-

ment de ses lèvres ; je te répète que c'est un de
ces bons et loyaux gentilshommes, un de ces
amis comme on en trouve si peu maintenant ;
toujours prêts à vous servir dans l'occasion ! Ma
bonne Henriette, je suis fâché de voir que tu
ne l'aimes guère ; mais tant pis ! quoique tu me
sois plus chère que tous les amis du monde, je
ne me brouillerai jamais avec sir William !
Non, quand même tu m'en prierais bien fort,
mon ange.

— Mais, en vérité, je crois, Édouard, que
tu parles sérieusement? dit Henriette en lui serrant une main dans les siennes avec effusion.
Comment ! tu peux croire que je veux te brouiller
avec sir William Humbers, avec le fils d'un
vieil ami d'enfance? Oh ! Dieu m'en garde ! non,
non ! Puisque tu interprètes si mal ma pensée,
il faut que je m'exprime franchement, sans
détours. Certes, je partage bien ton estime et

ton affection pour ce brave gentilhomme ; je
serai toujours la première à dire que c'est un
cœur généreux et sincère, un ami sur lequel
on peut compter ; mais enfin, malgré tout son
mérite, malgré tout le charme de ses entretiens, je trouve qu'il est beaucoup trop prodigue
de visites, depuis quelque temps surtout... Il a
tort, je pense, car s'il venait moins souvent, je
le verrais sans doute avec plus de plaisir !

Lord Felton demeura quelques moments sans
répondre, comme un homme plongé dans ses
réflexions : son visage parut un instant se rembrunir ; mais ce voile de tristesse se dissipa
tout à coup, et sa physionomie redevint douce et
tranquille.

— Eh bien, Henriette, dit-il avec calme, je
vais partir seul... je trouverai une excuse pour
toi. Avant-hier, quand sir William est venu,

tu avais un mal de tête violent, je dirai que tu
es encore un peu souffrante.

— Non, pas de prétextes ! Je t'en conjure ,
pas d'excuses !

— Mais il faut prendre garde, Henriette, de
le blesser ; depuis une semaine à peu près , il
nous rencontre presque toujours dans nos promenades à cheval , et ce pauvre garçon ne peut
comprendre pourquoi nous lui tenons rigueur
à ce point !.. Il finirait vraiment par s'imaginer
que nous avons sujet de lui en vouloir.

— Non ! pas du tout , répondit Henriette avec
une certaine hésitation ; je ne lui en veux pas le
moins du monde. Au surplus, Édouard, donne
toutes les excuses qui te plairont ; dis ce que tu
voudras , tout sera pour le mieux. Eh ! mais, j'y

pense, mon ami, il est inutile de forger un
conte, j'ai pour rester au château un excellent
motif. Dis à sir William que nous attendons
d'un moment à l'autre notre neveu Frédéric
Cléland, qui vient passer quelques jours avec
nous. Tu sais bien que, s'il nous tient parole, c'est
aujourd'hui ou demain au plus tard qu'il doit
arriver?

— Oui, s'il nous tient parole! repartit lord
Felton avec un sourire triste; mais j'ai la conviction que mon cher neveu n'a point hâte de remplir sa promesse. Voilà, depuis trois ou quatre
mois, la dixième lettre qu'il nous écrit, toujours
pour nous annoncer sa venue; mais il a continuellement quelques bonnes raisons pour rester
à Londres, et différer son voyage. Oui, en effet,
poursuivit-il en tirant de sa poche une lettre
qu'il parcourut des yeux, c'est bien aujourd'hui
que sir Frédéric arriverait s'il n'avait pas encore

de fort bons motifs pour nous manquer de parole comme toujours! Nous aurions tort cependant de lui en vouloir, car chacun dans ce monde a son goût, et Frédéric n'est guère sensible aux beautés sauvages et pittoresques du Cumberland. Les maisons de jeu, les clubs, les théâtres, dévorent toute sa vie!.. et le pauvre garçon s'ennuie dans ce château comme un novice dans le fond d'un cloître. Eh bien! soit! qu'il ne bouge pas de Londres, puisqu'il se trouve si parfaitement dans les vapeurs empestées du charbon de terre et des brouillards de la Tamise! Ce n'est pas au moins que je sois indifférent au plaisir de le voir! Certes, bien qu'il ne me témoigne pas toute la tendresse et les égards que je serais en droit d'exiger peut-être, après tout ce que j'ai déjà fait pour lui, je n'oublierai jamais que c'est le fils de mon frère, de ce cher et malheureux Henri Cléland que j'aimais de toute mon âme!!...

Sa voix s'affaiblit tout à coup dans les sanglots, et, penchant douloureusement la tête sur
sa poitrine, il demeura silencieux et rêveur
quelques instants; lady Felton lui prit la main
avec une expression de tendresse ineffable.

— Henriette, Henriette! dit tout à coup lord
Felton avec un soupir, puisque Dieu n'a pas
voulu me donner la joie d'être père; puisqu'il
me faudra descendre au tombeau sans avoir un
fils pour me fermer les yeux, il faut donc regarder Frédéric comme le nôtre!.. hélas! c'est donc
à lui que je dois transmettre un jour les domaines et le nom de mes ancêtres! Que la volonté
du Ciel soit faite!.. mais je te le dis à toi, chère
amie, oh! c'est une chose affreuse de penser que
ce jeune libertin est le dernier des Felton, et que
l'éclat d'une race antique et vénérée sera terni
peut-être par un indigne, qui dissipera en folles
orgies l'héritage de nos aïeux, et qui vendra

honteusement ce noble château avec les tombes
de ses ancêtres, avec le sang généreux dont tant
de fois ils l'ont arrosé !

Il y avait dans la voix de lord Felton un dé-
couragement sombre, une profonde douleur qui
émut jusqu'au fond de l'âme lady Felton, et fit
rouler des larmes dans ses yeux.

— Édouard, Édouard, s'écria-t-elle en le serrant dans ses bras, ne désespérons pas encore !..
la miséricorde de Dieu est bien grande, et nous
exaucera peut-être !

— Hélas ! Henriette, répondit sourdement
lord Felton, voilà sept ans que nous sommes
unis !

— Mais nous sommes jeunes encore ! répli-
qua-t-elle, avec un rayon d'espoir et de bonheur

dans ses yeux remplis de larmes ; nous avons encore à vivre bien des années sans doute !... Cher ami, espérons ; l'espérance est bien douce au cœur ! Édouard, je ne sais si je me trompe, mais j'ai comme un pressentiment qui me dit que le Ciel exaucera mes vœux ! Non, l'illustre sang des Felton ne tarira point ! sir Frédéric Cléland n'avilira point le nom de ses pères, il ne parlera jamais en maître dans ce château !

— Que Dieu t'entende, ô mon ange, et qu'il m'envoie la seule félicité que je désire, la seule qu'il ne m'ait pas accordée jusqu'ici ! Henriette, ah ! si j'avais un fils, il n'y aurait pas sur la terre un homme aussi heureux que moi !

La porte s'ouvrit :

— Milord, dit Ralph en entrant, un domestique vient d'arriver à franc étrier avec cette lettre : elle est très-importante, à ce qu'il assure ; il attend la réponse de votre seigneurie.

Et Ralph sortit, après avoir donné la lettre à lord Felton.

III.

A peine lord Felton eut-il jeté les yeux sur l'a-
dresse, qu'il en reconnut l'écriture.

— Tiens! dit-il, en secouant la tête avec une
expression de chagrin, qu'il s'efforçait de cacher
sous un sourire, cette lettre est de sir Frédéric

Cléland! Eh bien, que te disais-je, Henriette? le
voilà, j'en suis sûr, qui s'excuse de ne pouvoir
venir; je gage qu'il prétexte encore quelque affaire de la plus haute importance qui le retient
à Londres!

En parlant ainsi, lord Felton avait décacheté
la lettre.

— C'est vraiment singulier! ajouta lady Felton, avec assez d'indifférence, cet original de
Frédéric est toujours affairé comme un ministre
d'état; on dirait qu'il n'a pas une minute à perdre, et Dieu sait, hélas! ce qu'il fait de son
temps, ce pauvre garçon! Mais en vérité,
Édouard, est-ce que tu peux déchiffrer sa lettre?
elle me paraît horriblement griffonnée : ce doit
être un hiéroglyphe?... Pour se donner plus
d'importance encore, il a plié sa lettre de travers...

En effet, lord Felton n'avait réussi que bien

difficilement à débrouiller l'écriture presque inintelligible de son neveu ; mais, tout à coup, il laissa échapper une exclamation de frayeur et de saisissement.

— Mon Dieu ! lui serait-il arrivé quelque chose ? demanda lady Felton, d'un accent ému.

— Je le calomniais ; il vient, ce pauvre Frédéric ! répondit lord Felton avec tristesse ; mais son exactitude à nous tenir parole ne lui a guère porté bonheur : sa voiture a versé à deux milles d'ici, en descendant une pente rapide.

— Est-ce qu'il est blessé ? interrompit vivement Henriette. Mais où est-il ? d'où nous vient cette lettre ?

— Voici ce qu'il m'écrit, continua lord Felton ; et, d'une voix très-agitée, il se mit à lire :

« Mon cher oncle, il y a bien longtemps que
« je vous promettais de venir, et je vous jure
« que c'était le plus ardent de mes vœux ; mais
« depuis deux ou trois mois, des affaires extrê-
« mement graves m'enchaînaient à Londres. En-
« fin j'avais pu me soustraire à tous les tracas de
« la ville, et je volais vers vous, tout plein de
« joie, dans une fort mauvaise voiture ; je crois
« pouvoir dire cela sans la calomnier. Après
« avoir manqué de verser je ne sais combien
« de fois, j'arrivais pourtant ; j'apercevais déjà
« les tourelles de votre antique manoir dans les
« brumes de l'horizon, quand tout à coup voilà
« mes chevaux qui s'emportent, absolument
« comme ceux du malheureux Hippolyte : ils ne
« reconnaissent plus ni le frein, ni la voix, ni
« la route, et jettent mon pauvre équipage au
« milieu d'un amas de rochers et de troncs
« d'arbres, tout justement sur le bord d'un
« charmant précipice, qui doit avoir au moins

« cent pieds de profondeur. Ma foi ! je recom-
« mandais déjà mon âme, si j'en ai une, à mon
« ange gardien, si j'ai l'honneur d'en avoir un...
« j'ai bien fait, j'imagine ; car, au lieu de me
« tuer, comme j'aurais dû le faire cinq ou six
« cents fois, j'en suis quitte pour une bosse à
« la tête, différentes contusions plus ou moins
« bleues, et une foulure au bras gauche, qui
« n'est pas des plus divertissantes. Le pis de
« l'affaire, c'est que mon postillon était presque
« aussi en état de remonter à cheval qu'une
« momie d'Égypte : il n'y avait personne sur la
« route ; mon char était brisé en je ne sais
« combien de morceaux, toujours comme ce-
« lui du malheureux fils de Thésée, et j'avais
« encore plusieurs milles à faire avant d'arriver
« au château. Par bonheur, je suis parvenu à
« me traîner jusqu'à une mauvaise petite ca-
« bane de bûcheron, et j'ai très-bien fait de ga-
« gner ce gîte, car presque en entrant, mes

« genoux ont ployé sous moi, et j'ai perdu con-
« naissance. Enfin, depuis une heure à peu près
« je mé sens beaucoup mieux ; mon bras et
« mes côtes me font moins souffrir ; je n'ai pas
« le crâne en trop mauvais état, comme j'en
« avais peur ; et je vous envoie mon domestique
« pour vous donner le bulletin officiel de ma
« santé, en attendant que j'aie le bonheur de
« vous embrasser, si vous avez la bonté de m'en-
« voyer une voiture, car la mienne est dans une
« situation déplorable.

« Si vous saviez combien j'ai hâte de vous re-
« voir, mon excellent oncle ! et vous, chère et
« belle tante, aux pieds de laquelle je me pro-
« sterne avec adoration ! »

— Le drôle de corps ! dit avec un sourire
lady Felton ; sa fâcheuse catastrophe ne l'em-

pêche pas de faire de jolies phrases. Heureusement qu'il amplifie avec une facilité merveilleuse !... c'est ce qui me rassure un peu ; autre-
ment je pourrais être inquiète. Mais que vas-tu
faire, Édouard? il me semble que tu ferais bien
d'aller chercher toi-même Frédéric? Tu peux
remettre à demain la visite que tu voulais faire
aujourd'hui à sir William.

— Oui, sans doute! le neveu passe avant
l'ami; Frédéric avant sir William!... Mais, sur
mon âme, c'est une chose bien singulière ; toutes ces mésaventures-là n'arrivent qu'à ce pauvre Cléland : il manque de se tuer tous les jours,
je ne sais combien de fois par heure! Allons,
adieu, ma bonne Henriette, continua-t-il en
l'embrassant avec tendresse.

—Ne sois pas long, dit-elle d'une voix caressante ; tu sais combien je suis triste quand
tu n'es pas auprès de moi!

IV.

Cette jeune personne se nommait Nelly ; elle
commençait à peine sa dix-huitième année. Sa
mère, que lady Felton avait comblée de bienfaits, était morte depuis deux ans, après avoir
confié Nelly aux soins généreux de la belle et

jeune comtesse. Lady Felton aimait Nelly comme
une sœur ; elle l'avait depuis longtemps atta-
chée à sa personne, non comme une servante,
dont il faut payer les services mercenaires, mais
comme une amie douce et fidèle, qu'on récom-
pense à force de tendresse et d'affection. Nelly
avait toujours témoigné beaucoup de reconnaissance à sa noble bienfaitrice, elle l'avait servie
longtemps avec bonheur et dévouement; pour
tous les trésors du monde elle n'aurait pas
voulu causer la plus légère peine à une femme si
bienveillante et si bonne, qu'elle devait regarder
comme une mère. Lady Felton se promettait
bien de la rendre heureuse, et de l'unir un
jour à quelque riche fermier des environs; mais,
par malheur, miss Nelly avait des idées ambi-
tieuses qui ne s'accordaient guère avec l'obscurité de sa naissance et l'humilité de sa fortune :
son imagination ardente, exaltée, romanesque,
l'égarait continuellement en des rêves fastueux

qui, selon toute apparence, ne devaient jamais
tenir leurs brillantes promesses, et ne pouvaient
que la conduire au malheur, de déceptions en
déceptions. Depuis un an surtout, ses désirs de
grandeur et de richesse étaient plus que jamais
immodérés; elle se croyait, par moment, la sœur
et l'égale de lady Felton, comtesse de Trévor;
et, se trouvant aussi belle et plus jeune, sentant
bouillonner dans son cœur l'orgueil et l'ambition, elle ne désespérait pas d'être un jour marquise ou duchesse, et d'avoir, elle aussi, un
château féodal à donjons, à tourelles, avec des
armoiries de pierre aux façades, et des écussons
peints sur toutes les portes, comme dans le
vieux manoir des Felton.

Cette jeune fille, maigré la fougue de son imagination brûlante, n'eût peut-être jamais rêvé
de pareilles chimères, si, pour son malheur,
elle n'eût fait la connaissance de sir Frédéric

Cléland, qui venait passer de temps à autre une
semaine ou deux au château de son oncle. Mais
ce brillant libertin, qui joignait une malice
diabolique aux désirs effrénés de Lovelace,
n'avait pas tardé à s'apercevoir que miss Nelly
était charmante, sensible et crédule, et qu'il
n'aurait pas grande peine à l'entraîner dans
tous les piéges qu'il voudrait lui tendre. Il com-
mença donc par exciter encore cette ardeur
étrange qui dévorait la pauvre Nelly; il la fascina
comme le serpent qui tenta Ève, par le magné-
tisme du regard et la puissance enivrante des
flatteries, qui, depuis le commencement du
monde, exercent le plus merveilleux empire sur
la nature faible et orgueilleuse des femmes :
trente fois par jour il lui répétait, d'une voix
douce et mielleuse, qu'elle était jolie et spi-
rituelle, qu'elle était faite pour briller parmi
les grandes dames de la cour, et non pour
rester ensevelie, jeune, belle et rayonnante,

dans un sombre manoir, comme l'or pur au
fond des mines. Pour donner plus de force à ses
paroles captieuses, il prêtait à la pauvre enfant
tous ces livres passionnés et perfides où se cache
une vipère sous chaque touffe d'herbe, et du poison dans chaque fleur. Miss Nelly s'était plongée
avec ivresse dans ces lectures fatales qui, chaque
jour, corrompaient sa candeur et son innocence, et l'enveloppaient dans un réseau inex-
tricable de sophismes et de morale dangereuse.
Quelques semaines avaient suffi pour égarer
complétement l'esprit naïf de cette jeune fille
qui, pleine d'une flamme inconnue et d'un
inconcevable besoin d'aimer, s'était prise d'une
passion folle pour Frédéric, auquel, dans son
délire, elle n'avait pas eu la force de résister.
Mais, à peine victorieux, Cléland, qui ne se
piquait pas de fidélité ni de constance, n'avait
rien eu de plus pressé que de fuir sa conquête : il
était revenu à Londres ; et depuis miss Nelly, il

I 4

avait changé presque tous les jours de maîtresse.

La malheureuse jeune fille était bien loin encore de croire à l'ingratitude de son amant; elle
l'attendait avec une fiévreuse impatience, et
pensait tout naturellement que si Frédéric ne
restait pas toujours au château de son oncle,
c'était seulement dans la crainte de la compromettre, et d'éveiller les soupçons de la comtesse
qui semblait déjà se douter de quelque chose.
Nelly écrivait souvent à sir Frédéric, qui ne
répondait guère à toutes ces lettres pleines d'une
passion brûlante et insensée; depuis quelque
temps surtout, les réponses de Cléland devenaient si rares, que miss Nelly, en proie à une
vague tristesse, agitée de craintes indéfinissables,
semblait avoir changé de caractère, et répondait
souvent avec une certaine aigreur à sa maîtresse
toujours bonne et charmante pour elle.

Lady Felton n'avait su d'abord à quelle raison attribuer un pareil changement; mais, ayant
trouvé un jour dans la chambre de miss Nelly
une lettre adressée à Cléland, et que celle-ci avait
oubliée sur une table, la comtesse, éclairée d'une
idée subite, avait compris que l'absence pro-
longée de Frédéric pouvait bien être la cause
du chagrin de Nelly ; mais, très-loin de soup-
çonner toute la vérité, elle n'avait pas ouvert
cette lettre, et n'avait pas cru devoir en parler
encore à la jeune fille.

Lady Felton, étonnée de la pâleur répandue
sur tous les traits de Nelly et de sa brusque
apparition, lui demanda d'une voix émue ce qui
la troublait ainsi.

Nelly était si profondément agitée, qu'elle
resta un moment sans pouvoir répondre.

— Eh bien ! ma chère petite, qu'avez-vous ?

reprit lady Felton avec intérêt. Expliquez-vous,
allons!

— Oh! mon Dieu, qu'est-ce que j'apprends!
bégaya Nelly d'une voix tremblante, on dit que
sir Frédéric est mortellement blessé!

Et ses genoux étaient si faibles, qu'elle faillit
tomber, et fut obligée de s'asseoir.

— Rassurez-vous, Nelly, ce n'est qu'une légère blessure, répondit Henriette avec un air de
surprise et de mécontentement qu'elle cherchait
néanmoins à dissimuler. Mais, je vous en conjure, dites-moi, qu'avez-vous donc? Comme
vous êtes pâle, effarée!

— Ah! madame, c'est bien naturel! balbutia
Nelly en pâlissant encore davantage; ce domestique avait un air si morne, si lugubre! Ima-
gniez-vous, madame, qu'il est arrivé à bride

abattue, tout haletant, tout couvert de poussière !
j'ai reconnu Frank, le domestique de sir Frédéric !... J'ai cru qu'il était mort, ce pauvre
jeune homme !

— L'accident qui vient d'arriver est fâcheux,
sans doute, répliqua lady Felton en appuyant
sur les mots ; mais je vous répète qu'il n'y a rien
de grave, et que vous êtes trop prompte à vous
alarmer. Vous portez donc un bien vif intérêt à
sir Frédéric ?...

— Ah ! madame, murmura Nelly, dont les
joues décolorées se couvrirent tout à coup d'un
brillant incarnat, c'est un gentilhomme si galant, si beau, si aimable !...

— Oui, beaucoup trop peut-être, Nelly ! interrompit sévèrement lady Felton. Je désirerais
fort, quand il nous rend visite, qu'il s'occupât
moins de vous, et vous de lui...

Nelly ne put s'empêcher de tressaillir.

— Mon Dieu, de quel air vous me dites cela,
madame! balbutia-t-elle. En vérité, je ne sais
pas ce que j'ai pu faire de mal ; vous me feriez
croire que j'ai dit quelque chose d'inconvenant!
Il me semble pourtant qu'on n'est pas coupable
de s'intéresser au malheur d'un jeune et beau
gentilhomme qui vient de se blesser si cruellement! Ah! mon Dieu! mon Dieu! continua-
t-elle avec un frisson dans la voix, s'il était défi-
guré!... lui si noble, si bien fait, si élégant!...
Quel dommage s'il demeurait estropié comme
lord Byron!...

— Écoutez, Nelly, interrompit d'un ton solennel lady Felton ; il faut que je vous parle
avec franchise, avec tendresse, comme si vous
étiez ma sœur. Approchez-vous, mon enfant, là,
plus près... Personne ne peut nous entendre ;
je veux vous dire tout ce que j'ai sur le cœur,

j'ai quelques années de plus que vous, et, bien
que je ne sois pas encore très-vieille, je crois
avoir une expérience que vous n'avez pas; je
suis mariée; je connais le monde : je serais coupable de ne pas vous arrêter sur le bord d'un
abîme, où, sans moi peut-être, vous tomberiez
bientôt!... Vous savez, Nelly, combien je vous
aime! depuis plusieurs années que vous êtes
près de moi, je crois vous avoir toujours con-
sidérée comme une amie, une compagne, et non
comme une personne que j'aurais prise à mon
service!... Vous ne direz pas le contraire, Nelly?

— Oh! non, madame, s'écria Nelly avec attendrissement. Je sais que vous m'avez toujours
comblée de bienfaits; jusqu'à mon dernier soupir, je vous en garderai une éternelle et profonde reconnaissance!... mais enfin, madame.
je ne sais pas ce qui a pu vous déplaire dans ma
conduite; je ne crois pas avoir mérité de re-

proches!... il me semble que je n'ai rien fait
pour me rendre indigne de vos bontés!

— Non, mon enfant, je ne vous accuse pas
d'ingratitude, répondit la comtesse d'une voix
pleine de bienveillance; je ne serais pas raisonnable de me plaindre; vous avez toujours paru
très-attachée à moi : c'est pour cela que je vous
aime, et que je m'intéresse à vous si profondément! Nelly, vous savez, je présume, que sir
Frédéric va passer quelques jours avec nous:
c'est un spirituel et beau gentilhomme, comme
vous disiez tout à l'heure vous-même; certes, les
avantages frivoles de la figure et du mérite ex-
térieur ne lui manquent pas, au contraire!...
J'avoue qu'il est difficile de voir un jeune homme
plus aimable et plus séduisant, lorsqu'il veut
s'en donner la peine; mais je dois vous prévenir aussi que c'est un homme dangereux, un
homme que vous seriez folle de croire, et que
vous aurez bien raison de fuir!

Nelly sentait son cœur battre avec violence dans sa poitrine ; elle balbutiait ; elle baissait les yeux : sa physionomie, tous ses gestes, tous ses regards, révélaient un grand trouble intérieur.

Enfin elle comprit que demeurer si long-temps sans répondre, muette et confuse, c'était presque s'avouer coupable ; elle rassembla donc ce qu'elle avait de force et d'empire sur elle-même ; et, d'une voix qu'elle s'efforçait d'affermir en la trempant d'amertume, elle dit :

— Je ne vous comprends pas, madame, en vérité... et ce discours...

— Oh ! vous me comprenez très-bien ! interrompit lady Felton avec une intention marquée ; je vous prie seulement d'être franche. Ma chère Nelly, quoique fort jeune encore, vous n'avez pas néanmoins toute la simplicité, toute l'ignorance enfantine qu'on pourrait vous croire au

premier coup d'œil; depuis un an surtout,
malgré mes conseils et ma défense, vous avez
cherché, dans la bibliothèque du château, des
livres qui vous ont troublé un peu l'imagination!... Sir Frédéric Cléland a contribué aussi,
j'en ai peur, à développer en vous, avec toutes
ses flatteries perfides, des idées romanesques et
folles qui me font beaucoup de peine! Vous
avez toujours été un peu coquette....

— Madame... interrompit vivement Nelly,
comme vous me parlez aujourd'hui!

— Oui, mon enfant, je vous parle sans dé-
tour; ce n'est pas un reproche amer que je vous
adresse. Si l'expression de coquette vous offense,
je vous dirai tout simplement que vous aimez
à paraître belle et qu'on s'occupe de vous,
qu'on vous fasse la cour...

La jeune fille laissa échapper un sanglot.

— Allons, ne pleurez pas, Nelly, reprit lady
Felton en la baisant au front, avec une tendresse indéfinissable ; songez que, si je vous
tiens un pareil langage, c'est parce que je vous
aime !... je vous parle comme ferait votre mère,
si elle pouvait encore vous aider de ses conseils.
Sachez donc, Nelly, que ce jeune homme, auquel vous accordez si complaisamment toutes
les perfections humaines, est, je suis fâchée de
le dire, un homme sans mœurs, sans princi-
pes, qui ne se ferait pas le moindre scrupule
de séduire, de tromper, de corrompre une
jeune fille innocente et simple, qu'il entraîne-
rait au déshonneur et qu'il ne peut épouser !

— Mais encore une fois, madame, pourquoi
me parlez-vous de la sorte ? demanda Nelly avec
une certaine confusion.

— Parce que je vous aime, ma pauvre fille !

répondit la comtesse avec une douloureuse éner-
gie ; parce que je serais au désespoir, Nelly,
de voir ce libertin heureux et triomphant, et
que je me reprocherais avec amertume de ne
vous avoir pas signalé le danger. Vous êtes
jeune, belle, aimante, et vous ne savez pas encore tout ce que le cœur d'un homme peut contenir de fourbe, de corruption et d'infamie !...
Ce qui vous semble peut-être une passion véritable
et profonde, un amour sincère et dévoué, tout
cela n'est que mensonge, hypocrisie !... c'est un
caprice honteux et cruel, qui prend les traits
et le nom de l'amour ; c'est un piége atroce
tendu sous vos pas !... Oh! défiez-vous de Frédéric, Nelly! défiez-vous de ce jeune homme
aux paroles mielleuses et dorées : son désir est
brûlant comme le feu, son cœur est froid comme
un serpent ! Rappelez-vous, Nelly, votre mère,
cette excellente et pieuse femme qui est dans le
ciel !... Quand elle vous confia toute jeune à mes

soins, elle me conjura de veiller sur vous
comme une mère, avec solliciutde et tendresse :
eh bien ! elle n'est plus maintenant, mais je
tiendrai jusqu'au bout ma parole ; je ne me
lasserai pas de vous montrer les embûches perfides qui vous entourent. Oh ! Nelly, de grâce !
ne soyez point rebelle à mes avis, à mes prières !
Sir Frédéric va rôder encore autour de vous,
comme le lion de l'Évangile qui cherche une
proie à dévorer !... eh bien ! il faut que vous me
promettiez solennellement d'éviter sa présence
quand je ne serai pas entre vous deux. Je vous
supplie de le fuir, ou d'opposer au moins à toutes ses galanteries menteuses et hypocrites une
froideur sévère, une dignité calme, qui le dé-
couragera bientôt et vous délivrera de ses pour-
suites. Me le promettez-vous ?

Nelly se mordait les lèvres avec un dépit concentré ; elle avait les yeux gonflés de larmes, la

poitrine pleine de sanglots, mais elle faisait
tout son posible pour les comprimer.

— Me promettez-vous ce que je vous demande? répéta lady Felton, en lui prenant la
main avec affection.

— Je n'oublierai jamais que je suis faite pour
vous obéir, madame, répliqua Nelly, avec une
intonation sèche et rancunière; j'obéirai, puisque
vous l'exigez, mais il est bien cruel de répondre
aux politesses d'un gentilhomme par des injures et des paroles grossières, qu'il était si loin
d'avoir méritées!

—Vous ne m'avez pas comprise du tout,
Nelly, ou plutôt vous ne voulez pas me comprendre : je ne vous dis pas qu'il faille répondre par des grossièretés; c'est un conseil que je
ne vous donnerai jamais, Dieu m'en garde!
Mais quand une femme veut qu'on la respecte,

quand elle ne veut pas enhardir les témérités
folles d'un sexe qui n'est fort que par la faiblesse
du nôtre, elle doit avoir une froide et noble contenance, qui l'affranchit bientôt des importuni-
tés audacieuses. Il est de ces réponses fermes et
dignes, de ces regards sans colère, qui valent
souvent beaucoup mieux que les paroles amères
et brutales, pour déconcerter un libertin. Nelly,
pénétrez-vous bien de cette vérité : c'est qu'une
femme qui souffre un propos de galanterie en-
gage un homme à lui faire la cour.

Elle parlait encore, lorsqu'un domestique
annonça la visite du colonel William Humbers.

Lady Felton ne put retenir un geste de surprise : elle fut au moment de dire qu'elle ne
pouvait recevoir personne ; mais un refus pareil
aurait pu sembler si extraordinaire à miss Nelly,
qui peut-être en eût cherché et deviné la cause,
que lady Felton crut devoir se contraindre, et

consentir à voir le colonel. Néanmoins elle ne
put complétement réussir à cacher son embar-
ras, et Nelly, douée d'une singulière pénétration,
remarqua le changement visible qui venait de
s'opérer dans la physionomie de la comtesse.

Sir William Humbers entra dans le salon.
Sa contenance était gênée; il salua lady Felton
avec un trouble qui ne put échapper aux regards scrutateurs de Nelly.

Lady Felton avait répondu, par une inclina-
tion froidement polie, au salut embarrassé du
colonel ; elle lui fit signe, avec la main, de prendre un fauteuil ; et, quelque temps, ils restèrent
l'un et l'autre silencieux et immobiles, comme
ne sachant par où commencer l'entretien.

— Toujours lui! toujours lui! pensa la jeune
fille, en se levant pour sortir.

Un éclair de joie indéfinissable passa rapidement dans ses yeux bleus, et les fit rayonner comme une flamme; puis un sourire étrange et sardonique effleura ses lèvres minces : elle regarda tour à tour sir William Humbers et lady Felton, et sortit précipitamment de la chambre, sans avoir l'air d'entendre la voix de sa maîtresse, qui la priait de ne pas s'éloigner.

Le colonel Humbers, que la présence de Nelly contrariait sans doute, la vit sortir avec une expression de joie douloureuse, qu'il cherchait à dissimuler.

Le silence régna quelques instants encore entre sir William et lady Felton.

V.

Le colonel Humbers avait trente ans à peu
près. Il était impossible de voir une physionomie plus intéressante que la sienne; ses cheveux noirs et bouclés, ses moustaches noires,

faisaient ressortir encore la pâleur de son visage, dont la fatigue et l'altération révélaient
une profonde souffrance intérieure, plutôt morale que physique : une tristesse incroyable était
répandue dans tous ses traits ; son beau profil
était pur comme celui d'Antinoüs : seulement
il y avait dans sa figure, noble et correcte, une
expression de mélancolie douce, qu'on ne
trouve jamais dans les statues grecques, et qui
semble exclusivement appartenir à nos âges
modernes.

Le colonel Humbers était membre de la chambre des Communes ; mais la discussion des affaires politiques intéressait fort peu son imagination poétique et vive : depuis sa première jeunesse, il avait toujours vécu dans un monde à
part, tout d'illusions et d'idéalités ; il ne voulait
pas voir la société telle qu'ell est faite ; il
croyait les hommes meilleurs, et n'aurait

soupçonné jamais le mal et l'hypocrisie dans les
autres.

Néanmoins, avec toutes les conditions du
bonheur, avec une belle fortune, un grand nom
et des titres, il n'était pas heureux. Doué d'une
sensibilité exquise, d'un cœur chaleureux, d'un
esprit ardent et romanesque, jusqu'à l'âge de
vingt-sept ans il n'avait jamais rencontré dans
le monde cette forme idéale que tout jeune
homme entrevoit dans ses rêves de feu. Toutes
ces femmes éblouissantes le soir, aux clartés des
bougies, dans la splendeur des fêtes, il ne pouvait les aimer; il les regardait à peine, et répondait avec indifférence à leurs paroles enivrantes, à leurs sourires doux et brûlants. C'est qu'il
n'étoit point capable de ressentir une passion
banale, un de ces vulgaires amours qui naissent et
meurent un même soir. Sir William Humbers
était d'une plus noble trempe; il ne pouvait ai-

mer qu'une seule femme au monde, et quand
il aimait une fois, c'était pour la vie.

Il connaissait depuis bien des années lady
Felton : un attrait presque invincible l'avait tout
d'abord entraîné près de cette femme douce et
charmante, qu'il voulait aimer comme une sœur;
car sir William avait trop de pureté dans l'âme
pour songer à détourner de ses devoirs une
femme chaste et vertueuse, la femme de son
meilleur ami. Mais, n'écoutant point la voix de
la prudence qui lui conseillait de fuir le danger,
il s'était cru fort et invincible ; il s'était chaque
jour abreuvé du poison dévorant qu'il puisait
dans les paroles innocentes, dans les regards de
cette jeune femme, qui, n'ayant aucune dé-
fiance, recherchait l'intimité du colonel Humbers.

Sir William avait passé longtemps une partie de l'année au château de lord Felton, qui

l'accueillait avec une hospitalité fraternelle ;
mais, craignant que ces longs séjours ne fussent
mal interprétés par la calomnie, le colonel crut
plus sage d'acheter un domaine dans le Cumberland, à quelque distance du château de lord
Felton. Celui-ci fut enchanté d'un pareil voisinage ; il ne songeait plus au tourbillon de Londres et des affaires politiques ; il avait près de
lui tout ce qu'il aimait, une femme adorable
et belle, un ami loyal et dévoué ; et, depuis ce
temps-là, il sentait moins douloureusement le
chagrin de n'avoir point d'enfant.

Cependant lady Felton, qui recevait chaque
jour une visite de sir William, n'avait point
tardé à s'apercevoir qu'un sentiment plus vif
que l'amitié attirait sans doute près d'elle sir
William Humbers : elle s'en était même épouvantée ; mais comme jusqu'ici les paroles et
les manières du colonel ne s'étaient pas écar-

tées des limites d'une courtoisie galante, elle
avait pensé que cet homme généreux et fier aurait
toujours assez d'empire sur lui-même pour
triompher d'une passion coupable et la contenir
au fond de son cœur. Sir William Humbers savait
cru la même chose, mais il présumait trop de ses
forces ; voyant chaque jour lady Felton, demeurant des heures entières auprès d'elle, son
amour avait fini par se changer en délire ; il
avait parlé : une fois même, ses mains brûlantes avaient serré les mains de la comtesse.
Elle ne pouvait donc plus se faire illusion ; elle
ne pouvait plus fermer les yeux ; il fallait bien
voir que sir William était passionnément épris
d'elle, et que cet amour était une flamme qui
ne s'éteindrait jamais peut-être. Elle avait pris
la ferme résolution de ne plus recevoir le colonel
Humbers en l'absence de lord Felton ; mais il
fallait, pour atteindre ce but avec adresse, des
précautions et du temps : elle voulait que sir

William sentit lui-même la nécessité de fuir,
et quittât le Cumberland sous un prétexte plau-
sible.

Sir William avait compris tout de suite qu'il
aimait sans espoir, qu'il aimait une femme incorruptible et vertueuse, qui mourrait mille
fois plutôt que de manquer à ses devoirs ; il s'é-
tait dit amèrement qu'il était un infâme, qu'il
n'avait plus qu'à se faire sauter le crâne, qu'une
mort prompte pouvait seule le sauver du crime
ou du malheur !... car, cette idée affreuse, que
lady Felton ne serait jamais à lui, le torturait
douloureusement, et le jetait, par intervalles,
dans un état voisin de la folie ; mais au moment de se briser la tête d'un coup de pistolet,
un rayon d'espérance lui traversait subitement
le cœur, et paralysait son doigt sur la dé-
tente.

Maintes fois, dans ses brûlantes insomnies,

il avait jeté sur le papier tout ce qu'il avait dans
l'âme de souffrance et d'amour ; il avait écrit
plusieurs lettres à lady Felton, qui le suppliait
toujours avec larmes d'étouffer un sentiment
fatal qui ne pouvait que les désespérer tous les
deux : la veille même encore, il avait envoyé à
la comtesse une lettre plus folle et plus délirante que toutes les autres. Lady Felton ne
pouvait s'empêcher de le plaindre, car elle
sentait bien qu'elle était aimée, que ce noble
jeune homme n'avait jamais éprouvé d'autre
amour, et qu'il serait malheureux toute sa vie ;
mais que faire ?... Elle était la femme d'un
autre ; elle n'aimait pas sir William Humbers,
puisqu'elle aimait son mari ; et, bien qu'elle
ne pût vaincre entièrement dans son cœur un
certain orgueil, une joie secrète d'inspirer tant
d'amour à ce beau jeune homme si fier, si
généreux, si tendre, elle eût donné beaucoup
pour ne l'avoir jamais connu.

Enfin lady Felton lui adressa la parole :

— Sir William, dit-elle avec froideur, je présume que vous êtes venu pour voir lord Felton?... Il n'est pas au château maintenant.

— Je le savais, milady, répond sir William d'une voix pleine de tristesse; je viens de le rencontrer tout à l'heure à quelque distance du château. Il m'a dit l'accident fâcheux dont sir Frédéric a manqué d'être victime; j'ai chargé milord d'exprimer à Cléland tous mes regrets de ne pouvoir lui serrer la main avant de partir, car je reçois l'ordre de m'embarquer immédiatement pour l'Irlande, où de nouvelles séditions viennent d'éclater. Tout me fait croire que mon absence sera bien longue, et je ne voulais pas m'éloigner sans vous dire adieu!...

— Et moi, sir William, dit la comtesse avec une inflexion mélancolique, je voudrais

pouvoir vous remercier de cette marque d'attention, et vous dire que votre départ est douloureux au cœur de vos amis!... mais je ne
vous dirais pas ce que je pense... et je sais mal
cacher ce que j'ai dans l'âme! Sir William,
loin de regretter votre absence, je désire qu'elle
soit longue, bien longue! car elle est deve-
nue desormais nécessaire...

Il y avait dans l'accent de lady Felton une
expression compatissante qui tempérait la sévérité de son langage : on voyait bien qu'elle était
profondément émue.

— Ah! milady, s'écria vivement sir William, aurez-vous le courage de me laisser partir
sans me pardonner? N'emporterai-je pas au
moins l'espérance que vous oublierez ma folle
audace et mon crime?...

— Ce pardon, sir William, je vous l'accorde

du meilleur de mon âme!... puisse votre conscience vous pardonner aussi! Vous m'avez offensée cruellement, sans doute, mais ce n'est
pas à moi pourtant que vous avez fait le plus
mortel outrage!... Lord Felton avait mis toute sa
confiance en vous ; il vous regardait comme un
frère, comme le plus fidèle de ses amis, et ce
double titre, vénérable et sacré, ne vous a pas
retenu... Vous n'avez pas respecté sa femme !...

— Ah! milady, répond-il avec un soupir
arraché du fond de ses entrailles, c'est vrai, je
suis bien coupable ! j'ai honte de moi-même !...
Allez, je me suis fait plus de reproches que vous
ne m'en pourriez faire ; mais c'est une fatalité !
c'est un amour profond, invincible !... Hélas!
si vous saviez combien de temps j'ai comprimé
dans mon cœur cette passion funeste !... J'ai
fui d'abord, j'ai voyagé !... Dieu me pardonne,
j'aurais voulu vous oublier tout à fait ! J'avais

juré de mourir avant de laisser échapper ce
noir secret de mes lèvres, mais il en est sorti
malgré moi!... j'étais fou, j'avais le délire ! Oh !
si vous pouviez comprendre ce que c'est que l'a-
mour d'un jeune homme, ce premier amour
dévorant et fatal qui s'empare de l'âme comme
d'une proie, et ne veut plus s'en dessaisir ! Alors,
alors, milady, comment résister ! à quoi servent
la force et le courage ! L'homme fort devient
faible !..... un cœur loyal devient infâme !.....
la poitrine est si pleine qu'il faut bien un jour
qu'elle se brise et que tout se dévoile ! Oh ! je
vous le répète, j'ai fait tout ce que j'ai pu, milady, pour étouffer cet amour et l'arracher à
deux mains de ce pauvre cœur, mais c'est impossible !... j'avais beau me dire que j'étais un
insensé, un misérable, et que vous étiez un
ange, rien n'y faisait ! Combien de fois, grand
Dieu ! ne fus-je pas au moment de tomber aux
genoux de lord Felton, de lui révéler mon

coupable amour, de lui dire que j'étais un malheureux, un ami perfide et lâche!...

— Gardez-vous en bien, sir William! interrompit lady Felton avec une vivacité pleine d'effroi; une pareille action serait celle d'un homme en démence!... Il importe, au contraire, que mon mari ne soupçonne jamais la trahison d'un ami qu'il a toujours regardé comme sûr et fidèle! Tout s'est passé entre nous, sir William!... personne heureusement n'est dans la confidence, et je vous jure que je n'y mettrai personne. Cette lettre si pleine d'extravagances, que vous avez encore eu l'audace de m'écrire hier, je l'ai anéantie; ne craignez donc pas qu'elle puisse un jour parler contre vous! Je crois les avoir brûlées toutes : si je ne l'avais pas fait encore, je vous promets de les détruire. Mais vous, sir William, promettez-moi de revenir à la raison; promettez-moi de renoncer à

des chimères, à des idées folles qui tôt ou tard
feraient votre malheur et le mien peut-être.
Oh! je vous en conjure, ne voyez plus en moi
qu'une amie, qu'une sœur, qui aura toujours
pour vous beaucoup d'estime et d'affection,
mais rien de plus, sir William !

— Rien de plus! répéta sourdement le colonel Humbers; ah! que ce mot est cruel !
Ainsi donc, plus d'espoir! il faut qu'elle meure,
cette pensée douce et consolante qui seule, me
faisait vivre !... Cet amour de flamme qui, depuis tant d'années, fait partie de mon être et brûle
avec le sang dans mes veines, il faut donc que je
l'ensevelisse dans mon cœur comme dans un
tombeau, comme un ami cher et précieux qu'on
met de ses propres mains dans les plis du lin-
ceul ! Ah ! milady, milady, continua-t-il avec des
sanglots dans la voix, vous avez brisé mon âme,
vous m'avez interdit le bonheur à tout jamais !

Lady Felton ne put se défendre d'une compassion profonde à la vue de cette grande douleur, de ce morne désespoir dont elle était la cause involontaire.

— Quoi! sir William, dit-elle après un instant de silence, est-il possible qu'un homme, un homme de cœur et d'esprit comme vous, ait aussi peu de courage?... Quoi! parce qu'une malheureuse pensée d'amour s'est emparée de vous, sir William, vous êtes faible et désarmé comme un enfant, comme un novice écolier sans expérience, qui se croit amoureux pour la vie et ne songe pas même à lutter contre un fantôme, contre une chimère! Oh! je ne vous le cache pas, sir William, je plains votre démence!... elle m'afflige, bien que je n'aie pas de reproches à me faire; car enfin, soyez franc, vous n'avez jamais pu croire, n'est-ce pas, que j'encourageais des sentiments aux-

quels il m'était impossible de répondre? Je
vous ai toujours montré de l'attachement ;
j'eus longtemps du plaisir à vous voir !... votre
conversation m'était fort agréable : j'étais heureuse auprès d'un gentilhomme instruit et
distingué, plein de noblesse et de grandeur
d'âme, quoique malheureusement un peu trop
romanesque ; je croyais pouvoir compter sur
votre amitié, bonne et loyale, comme vous sur
la mienne, mais je serais désespérée que jamais
vous eussiez pu croire que j'avais pour vous
autre chose qu'une affection fraternelle et pure !

— Non, milady, je n'ai rien cru ! dit impétueusement sir William ; je vous répète que
vous êtes un ange entre toutes les femmes !...
mais hélas! si vous saviez, quand on aime, si vous
saviez comme il est facile de se faire illusion !
Vous étiez si bonne et si charmante, si pleine
de bienveillance et de pitié! Oui, je l'avoue,

malheureux que je suis! un instant j'ai pu
croire...

— Moi, que je vous aimais?... interrompit
douloureusement lady Felton. Mais vous ne
croyez donc pas à l'amitié? vous jugez de nos
cœurs par les vôtres? Ah, pauvres femmes!
sommes - nous donc condamnées à n'avoir
pas d'amis! Mais que faire, grand Dieu! que
faire? toutes nos paroles, tous nos regards, vous
les envenimez, vous leur donnez toujours un
sens coupable, vous croyez toujours qu'on vous
aime. Ah! les hommes sont donc bien vani-
teux!... ils nous croient bien infâmes! Quelle
idée affreuse ils ont de nous!...

— Pardon, pardon!!... s'écria le colonel
Humbers d'une voix suppliante; je vous outrage,
ô vous la plus pure des femmes! Je vous ai mal
comprise : mais, hélas! comment ne pas croire
ce qu'on désire avec toute son âme! On a beau

se dire qu'une femme est angélique, vertueuse,
incorruptible, l'espérance est toujours là, malgré nous, comme un feu sous la cendre; au
moindre souffle elle s'éveille, elle se rallume,
et nous emplit le cœur !... Oui! l'on espère toujours malgré soi qu'un dévouement sans bornes,
un amour exclusif et profond, obtiendra peut-
être...

Il n'acheva point : sa voix s'éteignit tout à
coup.

— Mais enfin, sir William, reprit sévèrement lady Felton, vous deviez me connaître !...
Avant d'abandonner votre âme à de pareils sentiments, vous auriez dû réfléchir un peu, vous
auriez dû vous dire qu'une femme ne peut avoir
à la fois deux amours dans le cœur. J'aime mon
mari, vous le savez, je l'aime chaque jour davantage; notre union, sir William, n'est pas
un arrangement de fortune et d'intérêt comme

tant d'autres, c'est l'amour seul qui l'a faite !...
et si j'avais encore à choisir, c'est lord Felton
que je choisirais entre tous les hommes , ce généreux et noble cœur, pour moi si plein d'a-
mour et d'inaltérable affection !

L'accent tendre et passionné dont lady Felton prononça ces dernières paroles fit tressaillir
douloureusement William Humbers et lui tor-
tura le cœur.

—Ah ! milady, s'écria-t-il avec une expression convulsive, vous êtes bien cruelle ! puisque
vous ne m'aimez pas, puisque vous ne m'ai-
merez jamais, ne me dites pas au moins que vous
aimez un autre homme, car cet homme qui est
mon ami, que je devrais chérir comme un
frère !... oh ! je le haïrais !...

— Sir William, interrompit-elle solennellement, quel langage !

Mais Humbers continua plus amèrement, d'une voix plus forte et plus vibrante :

— Non, je vous en conjure, ne dites pas que cette âme inflexible pour moi, que ce cœur de glace est de flamme pour un autre, qui ne peut vous aimer autant que je vous aime !

Sir William Humbers était dans une agitation inconcevable ; lady Felton, presque effrayée, songeait à fuir, mais elle craignait un dangereux esclandre : elle n'aurait pas voulu que les gens du château pussent deviner ce qui se passait.

Elle était si troublée, qu'elle n'entendit pas la porte s'entr'ouvrir avec précaution : c'était Nelly qui, ne pouvant saisir distinctement, à travers l'épaisseur de la porte, les paroles vives et animées que sir William et lady Felton

échangeaient depuis une heure, n'avait pu vaincre
sa curiosité, et voulait jeter au moins un coup
d'œil sur les deux interlocuteurs pour voir leur
contenance.

— Non, milady, poursuivit Humbers avec
exaltation ; cet homme, il ne peut vous aimer
comme je fais !...

— Sir William, encore une fois, interrompit-elle en se levant avec dignité, cessez un pareil langage !... vous perdez toute retenue ! De
grâce, ne comparez pas un ridicule et puéril caprice à l'amour pur et simple de lord Felton,
à cet amour fondé sur l'estime et l'honneur.

— Milady, milady, je vous répète que vous
êtes bien cruelle ! répliqua sourdement sir William.

Puis, se levant tout à coup avec un air de résolution fatale :

— Adieu ! adieu ! continua-t-il ; vous avez
prononcé l'arrêt de ma mort ! Vous ne me ver-
rez plus ; soyez heureuse ! adieu !...

Il salua lady Félton, d'un air triste et solennel ; puis, se dirigeant vers la porte à grands
pas, il tourna la tête encore une fois avant de
sortir, et lui adressa un long regard plein d'a-
mertume et de souffrance, qui pénétra comme
un poignard jusqu'au fond du cœur de la pauvre femme.

Nelly, craignant d'être surprise, s'était brusquement retirée, sans avoir eu le temps de refermer la porte.

Il y avait dans la physionomie du colonel
quelque chose de si terrible, de si profondément

désespéré, que lady Felton ne put se défendre
d'un sentiment d'effroi mêlé de compassion.

— Sir William, murmura-t-elle d'une voix
faible et tremblante, je crois vous comprendre !...
vous avez des projets sinistres. Ah, malheureux !
je ne vous laisserai pas sortir avec de si affreuses
dispositions ! Je vous en conjure, si jamais vous
avez eu pour moi quelque affection véritable, ne
vous laissez pas abattre !... Du courage, de la ré-
signation, mon ami ; ne me condamnez pas à
l'horrible douleur d'avoir causé, bien involon-
tairement, hélas ! le désespoir et la mort d'un
galant homme que j'estime, que je veux aimer
comme un frère !... Promettez-moi de vivre...

— Je ne vous promets rien, qu'un éternel
amour !... tant que ce cœur battra... Adieu pour
jamais, adieu ! ! !

Et le colonel Humbers sortit précipitamment.

Quelques instants après, le galop d'un cheval résonna dans l'avenue du château , et s'éteignit rapidement au loin.

Lady Felton demeura seule et plongée dans
les plus tristes réflexions.

VI.

Il y avait un quart d'heure à peu près que lady Felton, la tête penchée sur la poitrine, s'abandonnait à de sinistres pensées, quand le bruit d'une voiture retentit dans la cour.

Ce bruit la réveilla brusquement de sa tor-
peur ; elle sortit du salon, regarda par une croisée, et vit que cette voiture était celle de lord
Felton, qui revenait accompagné de sir Frédéric Cléland, et de plusieurs autres personnes au
service de ce jeune homme.

Un personnage surtout attira particulière-
ment les regards de lady Felton : qu'on s'imagine un petit vieillard aux joues pâles et cada-
véreuses, au nez rouge comme un charbon
ardent ; la tête à moitié couverte d'une perruque
sale et rousse, dont les nuances différentes,
les crins hérissés par touffes, les places chau-
ves et pelées, attestent de longs et fidèles services. Cet homme, habillé de noir des pieds à la
tête, porte un habit râpé jusqu'à la corde, des
souliers grimaçants, et tient sous le bras une
espèce de portefeuille en cuir violet, qui paraît
tout gonflé de paperasses. Il était juché sur le
siége et se cramponnait au bras du cocher,

comme s'il eût craint de tomber à chaque mouvement de la voiture. Sa terreur fut bien plus
grande encore lorsqu'il fallut descendre; il se
mit presque en boule comme un hérisson; et ,
si les domestiques ne l'eussent pris dans leurs
bras comme un enfant, il serait plutôt mort de
faim sur le siége que de risquer tout seul une
pareille descente.

Lady Felton ne pouvait comprendre quel
était cet individu; et, bien qu'elle fût d'une
tristesse profonde , elle ne put comprimer un
éclat de rire, en voyant la tournure grotesque
et bizarre de cet être véritablement fantastique ;
mais elle n'arrêta point longtemps ses regards
sur le monstre : elle entendit lord Felton et son
neveu monter l'escalier, et descendit quelques
marches pour les rejoindre.

— Henriette, dit lord Felton , je vous amène
notre blessé.

— Sir Frédéric! s'écria-t-elle vivement; j'espère bien que sa blessure n'a rien de grave?...

— Non, belle tante; et c'est une misère dont il ne faut pas s'occuper, dit gaiement sir Frédéric en prenant la main de Lady Felton et la portant à ses lèvres, avec une galanterie charmante. En vérité, je me sens déjà mieux; je suis si content de vous voir, que me voilà presque guéri!

— Toujours galant, toujours original! dit en souriant Lady Felton.

Et lord Felton, qui donnait le bras à son neveu, pour le soutenir en montant l'escalier, le conduisit au salon et le fit asseoir.

Sir Frédéric avait un bras en écharpe; sa figure annonçait la fatigue, mais un sourire étrange ne quittait pas ses lèvres.

C'était un beau jeune homme de vingt-cinq
ans, de taille moyenne, mais svelte; élégant de
tournure, de manières et de costume. Ses cheveux étaient blonds, ses yeux d'un bleu clair et
limpide, son teint d'une blancheur éblouissante;
mais on remarquait pourtant quelquefois, dans
cette physionomie douce et prévenante au premier coup d'œil, une expression singulière, indéfinissable, qui repoussait la confiance et glaçait le cœur. Rien dans ce beau jeune homme,
si bien fait pour plaire aux femmes qui n'appré-
cient que les avantages extérieurs, rien ne dé-
notait la franchise, la bienveillance, et cette chaleur d'âme qu'on aime à rencontrer chez les
jeunes gens. Le regard de cet œil bleu avait
quelque chose d'incisif et de perçant qui faisait
mal; par momens, le sourire, qui entr'ouvrait
ces lèvres minces et pincées, disparaissait tout
à coup, et quelque chose d'amer et de cruel
contractait sa bouche : alors un nuage sombre

paraissait envelopper son front ; ses blonds sourcils se rapprochaient d'une étrange manière,
et tout son visage semblait un instant bouleversé ;
mais bientôt ces ténèbres se dissipaient ; un nouveau sourire déridait sa physionomie, et ses
yeux ne laissaient plus tomber que des regards
doux et voilés.

Lord Felton et sa femme étaient assis l'un et
l'autre devant le canapé où se trouvait Frédéric.

— Il me semble, mon ami, dit lord Felton
avec intérêt, que vous feriez bien d'aller prendre un peu de repos ?... Je vous conseille de vous
mettre au lit.

Sir Frédéric laissa échapper un éclat de
rire.

— Au lit ! dit-il ; mais en vérité, mon cher

oncle, je n'en ai pas la moindre envie! Je vous
jure que je ne me suis jamais senti si dispos ; et
malgré ce bras en écharpe, et deux ou trois pe-
tites meurtrissures , dont vous me faites souvenir, je suis prêt à monter à cheval, si vous voulez! Oui, parole d'honneur! je suis en verve de
sauter les barrières et les haies ; ce diable de
voyage m'a tout engourdi les jambes , et pour
activer un peu la circulation du sang , je voudrais faire deux ou trois milles au grand galop,
en chassant le renard et le coq de bruyère!

— Mais vous êtes dans un état pitoyable, mon
cher Frédéric , reprit lord Felton ; je suis sûr
que vous souffrez le martyre!

— Bah ! bah ! c'est de l'histoire ancienne !
cria Frédéric avec un air d'insouciance joyeuse.

— Mais avouez, mon pauvre neveu, que vous
jouez de malheur, ajouta lady Felton d'un air

de bienveillance, où perçait néanmoins une légère teinte d'ironie ; il vous arrive toujours des
catastrophes !... dix fois par an votre équipage
verse ; et trente fois au moins vous passez par-
dessus la tête de votre cheval qui tombe et manque de vous écraser ! C'est une chose inconcevable ! vous êtes pourtant, Frédéric, un des meilleurs cavaliers d'Angleterre.

— Je m'en flatte, répondit Cléland avec une
certaine fatuité qui prouvait clairement que le
jeune et beau gentilhomme était charmé de lui-
même ; mais que voulez-vous ? j'ai du malheur !
Puis-je donc empêcher ma voiture de verser,
lorsque ce n'est pas moi qui la conduis ? Quant
à mon cheval, vous conviendrez que ce n'est
pas ma faute s'il manque à la fois des quatre
pieds, et tombe comme un imbécile : cela peut
arriver au plus habile cavalier du monde ! Mais
je vous dis que je suis frappé de malheur : rap-

pelez-vous encore que l'an dernier, mon fusil,
un excellent fusil à toute épreuve, m'a crevé
dans la main ; et je suis très-heureux d'en avoir
été quitte pour cinq ou six grains de plomb
dans la joue. Cependant vous savez bien, chère
et belle tante, que je suis un assez bon chas-
seur?...

— Oui ! quelquefois par hasard, interrompit
en souriant lady Felton. Seulement, il vous arrive parfois de prendre un lévrier pour un loup,
comme ce pauvre Black, cette innocente créature, à qui vous avez envoyé très-adroitement,
un jour, deux balles au milieu de la tête.

— Que voulez-vous? répondit Frédéric en
se mordant les lèvres, mes yeux ne sont pas des
meilleurs, j'ai la vue un peu courte, et pour la
couronne d'Angleterre, je ne voudrais pas porter de lunettes ! D'ailleurs, j'en conviens, belle

tante, je suis impétueux , bouillant, j'ai du vi-
triol et du salpêtre dans les veines ! Si j'ai failli
voler en pièces comme ma voiture, parbleu !
c'est ma faute; depuis trente-six heures je voulais qu'on allât ventre à terre, toujours, sans in-
terruption , sans repos , malgré l'obscurité profonde, et les précipices qui bordent la route. Ma
foi, belle tante, il faut avouer que mon voyage
s'est annoncé tout d'abord assez mal ; à deux
milles au plus de Londres, j'ai versé d'une terrible façon ! Que diantre aussi ! j'allais un train
d'enfer !... Oh ! j'étais si pressé de vous voir !

Et sir Frédéric prit de nouveau la main fine
et blanche de lady Felton , et la baisa respectueusement.

— Au moins , cette fois vous nous tenez parole , dit avec douceur lady Felton ; vous n'allé-
guez pas de mauvaises excuses comme à votre
ordinaire, pour rester à Londres.

—Ah ! c'est mal, c'est mal ! répliqua Frédéric avec un accent de reproche affectueux : vous n'avez aucune indulgence pour moi, chère tante, vous m'accusez toujours !

— C'est que vous êtes fort sujet à caution, mon cher neveu, dit lord Felton en serrant la main de Frédéric. N'est-ce pas, Henriette ?

— Oui, reprit-elle, avec une intention marquée ; si Frédéric n'est pas toujours esclave des promesses qu'il fait aux grands parents, il a parfois des promesses plus tendres à remplir !... J'ai tort peut-être, mais enfin je craignais qu'une belle et très-exigeante souveraine ne vous retînt à sa cour, et ne vous fît complétement oublier l'oncle et la tante !

— Et voilà comme on écrit l'histoire ! dit Frédéric en poussant un long soupir qui n'avait rien de fort douloureux. Vous ne savez donc pas

que je me range, que je deviens tout à fait raisonnable, vertueux, exemplaire?

Lady Felton se mit à rire.

— Il est temps, en vérité! dit-elle.

— Oui, j'en conviens! repartit Cléland d'un
air plein de componction; mais enfin, comme
dit le proverbe, il faut bien que jeunesse se passe!
il n'est jamais trop tard pour se corriger : je
crois même que c'est un avantage d'avoir mené
une jeunesse orageuse; dans l'âge mûr, on ne
craint pas les réactions, on connaît le monde,
on s'écrie avec le sage : *Vanité, vanité, tout n'est
que vanité!* Alors on peut faire la grimace au
diable, on le défie, on est rude à la tentation
comme feu saint Antoine! Je vous donne ma
parole d'honneur que j'ai des projets de réforme
superbes! je suis horriblement brouillé avec les
cartes, les dés me font mal au cœur!... quant aux

adorables sirènes dont Londres fourmille comme les rochers d'Ulysse, je vous jure qu'elles perdraient maintenant leurs œillades avec moi! Je renonce très-sérieusement aux jeux de l'amour et du hasard.

— Voilà ce qu'on appelle un serment de joueur, répliqua lady Felton; vous avez probablement à vous plaindre un peu de l'amour comme du hasard? Ils vous ont trahi peut-être à la fois l'un et l'autre? Oui, mon beau neveu, je parie qu'une infidèle...

— Non, Frédéric est devenu sage, interrompit lord Felton avec gravité; il m'a dit tout à l'heure qu'il avait envie de se marier.

— Quoi! vraiment, Frédéric? Mais c'est une plaisanterie, n'est-ce pas?...

— Non pas le moins du monde, continua

Frédéric avec un air à la fois sérieux et jovial. Il
faut bien faire une fin, chère tante! D'ailleurs,
à tout prendre, l'état de célibataire a quelque
chose d'anormal, et je commence à croire que le
mariage pourrait bien être le but de la vie,
comme dit je ne sais plus trop quel philo-
sophe?...

— Ah! vous en convenez donc, Frédéric?
s'écria lady Felton avec un accent de triomphe;
ma foi, c'est très-heureux! Je savais bien qu'un
jour vous feriez comme les autres, malgré vos
spirituelles et mordantes épigrammes sur le mariage. Allons, mieux vaut tard que jamais! Dites-moi, sera-ce bientôt?

— Dieu le veuille! soupira Frédéric.

— C'est encore un badinage?... reprit lady
Felton en secouant la tête.

— Non, sur l'honneur!... qu'une femme jo-

lie et riche se présente, et je m'empresse de l'é-
pouser.

— A merveille ! dit gaiement lady Felton.

— Oui, c'est le plus ardent de mes vœux !
poursuivit chaleureusement Frédéric. Je ne suis
pas si difficile, moi ; et, pourvu qu'elle soit jolie , riche et noble, jolie comme vous, belle
tante!... je mets à ses pieds mon cœur et ma
fortune, qui, à vrai dire, n'est guère embarras-
sante.

— Laissez-moi faire, mon ami, dit lord Felton d'une voix affectueuse ; je me charge de
vous trouver une femme qui réunira les trois
qualités précieuses, auxquelles vous avez bien
raison de tenir.

— Vous me comblez, mon cher oncle, s'é-
cria Frédéric en se frottant les mains avec joie,
comme s'il n'avait pas eu d'écharpe ni de bles-

sure. Mais dites-moi, je vous prie, est-elle fille
ou veuve, cette charmante personne que vous
me destinez?

— Patience, patience! Frédéric, j'ai votre
affaire; mais il faut, avant d'entrer en ménage,
que vous soyez tout à fait raisonnable.

— Rien n'est plus facile, mon cher oncle; je
veux me conduire comme un des sept sages de
la Grèce! Dès aujourd'hui, je romps tout pacte
avec mes amis de clubs; je renonce aux dés,
aux cartes, au vin de Champagne!.. je vais faire
pénitence et boire de l'eau pour me laver de
toutes mes fautes, et me préparer saintement
au grand jour du mariage! Quant à moi, je suis
fort de l'avis du proverbe qui assure que les
plus mauvais sujets font les meilleurs maris.

— Cela s'est vu, dit lord Felton, et j'espère
que vous ne démentirez pas le proverbe.

— Tout ce que je désire maintenant au
monde, continua Frédéric d'un air élégiaque et
sentimental, c'est d'aller vivre au fond d'un
vieux manoir, bien solitaire, près d'une épouse
adorée, au milieu d'une belle troupe d'enfants
blonds et rieurs!...

Lord Felton secoua tristement la tête, en
tournant les yeux vers le ciel ; une larme brilla
au bord de ses paupières. Lady Felton remarqua la préoccupation douloureuse de son mari;
elle lui prit la main avec une émotion vive et
pénible, et le regarda en silence d'un air plein
de mélancolie.

Mais Cléland, comme s'il n'eût pas vu le
nuage sombre qui venait de s'étendre sur la physionomie de son oncle, continua presque aussitôt, en accompagnant sa phrase d'un coup d'œil
scrutateur et inquiet :

— Vous, milord, vous êtes le plus heureux des hommes!... il ne vous manque rien?...

— Heureux!... oui, je le suis, murmura lord Felton avec un soupir; mais, vous le savez, il manque toujours quelque chose au bonheur!

— C'est vrai! dit Frédéric d'un ton léger; mais le vôtre est complet, ce me semble?

— Non! dit lord Felton d'une voix pleine de sanglots.

— Comment! ajouta sir Frédéric, en feignant beaucoup de surprise. J'ignore, en vérité, ce qui manque à votre bonheur.

Il considérait tour à tour lord Felton et sa femme avec une attention singulière et profonde.

Ils demeuraient tous les trois silencieux.

— Ah ! je comprends !... dit soudain Frédéric, en secouant la tête d'un air triste, vous n'avez pas d'enfant !...

— Hélas ! murmura lord Felton, dont les yeux se remplirent de larmes.

Henriette se jeta tout émue dans les bras de son mari, et l'embrassa longtemps avec effusion.

— Patience, patience ! dit Frédéric en serrant la main de son oncle, vous êtes jeune encore ! Parbleu ! vous serez père !... vous aurez plus d'enfants peut-être que vous n'en désirez.

— Dieu vous entende, Frédéric ! répondit sourdement lord Felton en joignant les mains.

Et, pour détourner une conversation douloureuse et pénible, il s'efforça tout à coup de sourire, et parla de mille choses à Frédéric, plus indifférentes les unes que les autres : il lui fit

une foule de questions sur le scandaleux procès
engagé depuis quelques mois entre la reine Caroline et Georges IV ; il vanta l'éloquence de
M. Brougham , que la reine avait choisi pour
avocat ; puis il parla de l'Irlande et de l'insurrection nouvelle qui venait d'éclater à Dublin, à
propos de la dîme que le clergé anglican récla-
mait avec une opiniâtreté singulière, et que les
catholiques s'obstinaient à refuser : toutes ces
choses intéressaient beaucoup sans doute lord
Felton, mais il en connaissait tous les détails,
et ne tenait guère à consulter, sur des matières
politiques, un homme aussi frivole que Frédéric Cléland.

Sir Frédéric ne tarissait pas en scandaleuses
anecdotes. Il parlait, il parlait toujours avec une
volubilité merveilleuse, sans attendre même les
questions de son oncle. Enfin, quand toutes les
histoires, plus ou moins calomnieuses, qu'on

débitait sur la reine, furent épuisées, sir Frédéric abandonna la cour pour la ville, et se mit à
dérouler une longue chronique assez peu édi-
fiante, toute pleine d'intrigues d'alcôves et de
boudoirs.

— Ah! vraiment, c'est déplorable! dit-il en
s'exaltant, l'immoralité fait d'épouvantables pro-
grès! Parole d'honneur! je commence à craindre que le feu du ciel ne tombe un jour sur Londres, comme sur Gomorrhé et Sodome! Ce qu'il y
a de très-certain, c'est qu'une fois marié, je me
garderai bien de rester quinze jours de suite
avec ma femme dans cette ville damnée, où l'on
aurait beaucoup de peine à reconnaître le diable à ses cornes, tant cette coiffure devient à la
mode! Vous savez bien sir Thomas, ce vieux
whig, qui prêche toujours la philanthropie et
l'égalité, ce vieux rabâcheur qui voit un frère
dans le premier malotru de Londres, empesté

d'ail et de bière forte, eh bien! le vénérable sir
Thomas a découvert que sa jeune femme est à
merveille avec les tories ! l'autre jour, il a trouvé
madame en très-bonne intelligence avec un des
ministres de sa majesté britannique : il va les
attaquer en *criminelle conversation!* Et quant à
lord Butley, il vient de recevoir une balle dans
la tête ; il avait enlevé lady Grafton. Mais ce n'est
pas tout, et la grande nouvelle....

— Assez, assez, Frédéric ! interrompit lady
Felton, que toutes ces aventures licencieuses dé-
goûtaient profondément. Cela nous intéresse
fort peu, je vous jure ; de pareilles misères pa-
raissent encore plus misérables loin du tumulte
assourdissant de Londres !

— C'est vrai ! ajouta lord Felton, qui depuis
un quart d'heure à peu près avait laissé parler
son neveu sans lui prêter la moindre attention ;

une seule pensée le préoccupait, triste, grave et pleine d'amertume : il se répétait continuellement dans le fond de son cœur qu'il ne serait jamais père, qu'il descendrait tout entier dans la tombe.

Cependant il crut devoir faire un effort sur lui-même ; et, se levant tout à coup avec une expression de gaieté passablement contrainte, il agita la sonnette d'argent.

— Mais à quoi pensons-nous ? dit-il. Je présume que mon cher neveu n'est pas malade au point de faire diète, et qu'il a besoin de réparer un peu le sang perdu ?

— Oui, ma foi ! l'idée est merveilleuse, ajouta sir Frédéric en applaudissant avec enthousiasme, et j'ai terriblement faim, je vous assure !

Lord Felton se disposait à sonner encore une fois, quand un domestique parut.

— Ralph, servez-nous tout de suite, dit lord Felton.

— Tout est prêt, répondit le domestique.

— C'est fort bien. Allons, Frédéric, donnez-moi le bras, puisque vous êtes trop faible pour marcher seul.

— Moi ! dit Frédéric, je me sens fort comme Hercule ! L'idée seule que je vais faire un excellent déjeuner me donne une vigueur incroyable.

En même temps, il se leva du canapé assez lestement pour un homme qui avait encore de rudes courbatures, et, présentant la main à sa tante avec une courtoisie toute chevaleresque, il lui demanda la permission d'être son cavalier, et la conduisit jusqu'à la porte d'une salle voisine qui menait dans la salle à manger.

Mais, au moment de sortir du salon, il retourna machinalement la tête, et vit paraître au seuil d'une autre porte miss Nelly qui, la main sur le bouton en cuivre de la serrure, le visage plein de trouble et d'agitation, regardait sir Frédéric avec une expression indéfinissable. et lui faisait mystérieusement signe de venir.

VII.

Sir Frédéric lui répondit vivement par un
autre signe de tête, qu'il allait se rendre auprès
d'elle; mais il ne pouvait quitter sa tante sans
éveiller les soupçons : il fallait imaginer un prétexte pour sortir un moment de la salle à man-

ger, et se garder bien de laisser croire qu'il
voulait parler en secret à miss Nelly.

Celle-ci attendait avec une extrême impatience
à l'entrée du salon que Frédéric arrivât.

— Mon Dieu! pensait-elle, quelle pénible
contrainte!... Savoir qu'il est ici, à quelques pas
de moi, et ne pouvoir lui dire une parole, ne
pouvoir échanger un seul regard avec lui sans
toujours craindre les yeux inquisiteurs qui m'en-
vironnent! Quand donc serai-je libre?... J'ai
beau me faire illusion, je ne suis qu'une servante dans ce château! Cette vie d'esclavage est
insupportable! à tout prix, il faut que j'en
sorte!

Elle tressaillit tout à coup jusqu'au fond du
cœur : elle venait d'entendre la voix de Cléland qui s'approchait.

— Excusez-moi, je vous en conjure, chère et

bonne tante! disait-il en élevant la voix à des-
sein. Je ne sais plus vraiment où j'ai la tête,
j'oubliais une chose très-importante; il faut que
je donne quelques ordres à mon domestique.

Lord Felton avait représenté d'abord à son
neveu qu'il était fort inutile d'aller lui-même
donner ces ordres, et que Ralph pourrait bien
les transmettre au domestique de Cléland; mais
Frédéric avait dit qu'il redoutait quelque méprise et qu'il était si malheureux dans toutes
choses, que ses paroles se dénaturaient presque
toujours en passant par une autre bouche.

Et, sans attendre la réponse de son oncle,
il sortit précipitamment de la salle à manger
en renouvelant ses excuses à lady Felton.

Dès qu'elle aperçut Frédéric, miss Nelly,
oubliant la prudence, ne put retenir une excla-

mation de joie , et courut au-devant de lui, les bras étendus et le visage rayonnant.

— Chut! Nelly, murmura Frédéric en lui recommandant le silence avec un geste ; soyons prudents. Eh bien ! parle, explique-toi ; que veut dire cette lettre ?

La voix de Cléland était sourde et tremblante; une étrange anxiété se peignait dans toute sa physionomie; son front, si joyeux tout à l'heure, était couvert d'un sombre nuage de tristesse , et traversé de rides profondes comme celui d'un vieillard ; une pâleur mortelle s'était répandue soudainement sur tous ses traits. Quelques minutes avaient suffi pour opérer cette inconcevable métamorphose : ce n'était plus le même homme.

Miss Nelly , très-émue de l'altération profonde qu'elle remarquait sur le visage et dans

la voix de Frédéric, en attribuait tout naturellement la cause à la blessure qu'il s'était faite le
jour même en tombant sur les rochers.

—Mon pauvre ami ! dit-elle avec une intonation pleine de frayeur et de tendresse. Grand
Dieu ! quel accident épouvantable ! C'est un miracle que vous soyez vivant ! j'en frissonne encore !... Mais cette blessure, elle doit vous faire
bien souffrir ?

Elle avait dit tout cela avec volubilité, sans
donner à Frédéric le temps de répondre un seul
mot. Celui-ci, qui tournait à chaque instant la
tête avec inquiétude, l'interrompit brusquement
d'une voix frémissante et basse :

— Nelly, ta lettre m'a frappé du tonnerre! elle
m'a rendu fou ! Es-tu bien sûre que ma tante?...

Il s'arrêta un instant comme s'il eût craint

d'achever sa pensée; mais Nelly l'avait com--
prise :

— Oui, dit-elle en baissant la voix, j'en ai
maintenant la conviction; ce que je vous ai dit
est la vérité même!...

La figure de Cléland parut se rembrunir encore; un murmure étouffé qui ressemblait à un
blasphème sortit de ses lèvres; il frappa du pied,
et tout dans sa personne prit quelque chose de
convulsif et d'égaré.

— Ainsi donc tout m'échappe! dit-il d'une
voix caverneuse, en secouant la tête et croisant
les bras; je suis ruiné, perdu! Oh! c'est un
coup de foudre!... Mais, dis-moi, mon oncle ne
sait rien encore, il me semble?

— Non, rien absolument, répondit la jeune
fille qu'effrayait l'agitation singulière de Fré-

déric. Mais comme vous êtes froid, rêveur,
préoccupé, mon ami ! continua-t-elle avec une
inflexion craintive et caressante. Mon Dieu !
n'êtes-vous pas content de me revoir ?...

Sir Frédéric, la tête bouillonnante de projets
et d'idées qui s'agitaient pêle-mêle, demeurait
toujours pensif et les bras croisés, les yeux fixés
sur les dalles ; il ne regardait pas Nelly, il n'a-
vait pas entendu les reproches qu'elle venait de
lui faire.

— Et le colonel William Humbers, demanda-t-il mystérieusement, il est toujours fort
assidu, n'est-ce pas ?

— Il vient très-souvent, répondit Nelly. Il
est venu tout à l'heure encore pendant l'absence
de lord Felton.

— Ah ! ah !! fit Cléland avec un rire sec et

guttural, il soupire toujours comme un berger
des Bucoliques! c'est très - pastoral! Et ma
tante, comment le reçoit-elle?

— Mais fort bien, j'imagine, dit Nelly sans
doute avec une intention qui n'avait rien de
très-charitable.

— Nous verrons, nous verrons! reprit sourdement Frédéric, dont les dents serrées et grinçantes empêchèrent ces paroles d'arriver distinctement aux oreilles de Nelly.

Une machination ténébreuse, épouvantable,
remuait déjà confusément dans l'âme profonde
de sir Frédéric : il ne savait pas encore bien
précisément ce qu'il devait faire, les moyens
qu'il devait employer; mais sa résolution était
prise, et, pour ne pas laisser échapper la fortune et les titres de ses ancêtres, il était décidé
à tout, même au crime, si le crime devenait

nécessaire, et les plus infernales combinaisons
ne pouvaient pas le faire hésiter.

Mais un plus long entretien avec miss Nelly
aurait pu avoir des suites fâcheuses : un domestique pouvait les surprendre et les trahir
auprès de lady Felton. Sir Frédéric, qui d'ailleurs savait à peu près tout ce qu'il voulait
savoir, jugea donc à propos de retourner dans
la salle à manger.

— Adieu, Nelly, dit-il d'un accent bref et
inquiet, adieu!... Je te verrai plus tard ! Ici,
l'on pourrait nous entendre.

Et, sans accompagner sa phrase d'un regard
doux et caressant, d'une tendre parole, ou d'un
baiser plus tendre encore, il s'éloignait rapidement de Nelly.

— Quoi ! Frédéric, s'écria-t-elle d'une voix

plus forte et plus vibrante qu'elle n'eût voulu peut-être, voilà comme vous me dites adieu !... C'était bien la peine de quitter Londres !... ingrat, ingrat !...

Toutes les portes étaient ouvertes, lady Felton entendit vaguement l'exclamation de Nelly.

— Nelly, c'est vous? demanda-t-elle avec une inflexion pleine de surprise et de sévérité. A qui donc parlez-vous là?

Nelly devint très-pâle; elle tremblait de tout son corps.

— Cher Frédéric, murmura-t-elle en joignant les mains, quand vous reverrai-je?

— Tout à l'heure, au fond du parc, près du grand bassin de marbre.

— Merci, merci ! dit-elle avec un éclair de joie

dans les yeux, qui brilla tout à coup à travers ses larmes. Bon Frédéric, continua-t-elle d'une voix très-basse, en s'approchant de lui sur la pointe du pied, dites, m'aimez-vous toujours?...

— Cent mille fois plus que moi-même, répondit Cléland avec un sourire plein de galanterie et d'amour.

— Eh bien! si vous m'aimez, enlevez-moi! dit-elle avec une exaltation toute romanesque.

— Nelly, Nelly, je t'aime! répondit en souriant Frédéric.

Et, la pressant contre sa poitrine avec ardeur, il lui baisa doucement le front, et s'enfuit tout à coup avec une singulière précipitation, comme s'il eût craint d'être surpris.

En effet, il venait d'entendre quelque bruit dans le salon : c'était lady Felton qui, très-étonnée

de ne recevoir aucune réponse de Nelly, s'était
brusquement levée de table pour aller voir elle-
même si la jeune fille était seule.

Celle-ci n'eut que le temps de se cacher derrière un rideau; sir Frédéric et sa tante venaient de se rencontrer face à face.

Cléland, habitué dès sa plus tendre enfance
à la dissimulation, n'était jamais en peine de
forger une excuse à l'instant même, d'improvi-
ser un mensonge quand il en avait besoin. Il prit
donc un air fort dégagé, une figure souriante,
dit quelques mots à lady Felton pour motiver
son absence; et, lui demandant mille fois pardon
de sa conduite cavalière et presque impolie, il
lui présenta la main avec une grâce parfaite et
la reconduisit dans la salle à manger.

VIII.

Or, si Frédéric Cléland avait quitté Londres au milieu des brumes et des mauvais temps de l'automne ; s'il était venu toujours au grand galop, sans perdre une minute, ce n'étaient certes point les charmes du Cumberland et les

plaisirs d'un château solitaire qui lui faisaient
franchir avec précipitation de si grandes dis-
tances. Bien qu'il eût toujours trouvé dans son
oncle un protecteur, un père plein de bienveillance, il n'était guère sensible aux bienfaits,
et la reconnaissance même lui semblait quelque
chose de parfaitement ridicule. Cléland, livré
de bonne heure à lui-même, égaré sans conseils au milieu des mauvaises sociétés de Londres, avait toujours abandonné les rênes à ses
passions fougueuses; il n'avait qu'un désir,
qu'une pensée : jouir!

Peu à peu, cette vie de libertinage et de corruption avait desséché toutes les fibres géné-
reuses de son cœur; il s'était bien vite endurci
dans l'égoïsme, et tout ce qui ne pouvait pas
servir à son bien-être matériel, à ses plaisirs
du moment, il le foulait aux pieds sans miséricorde, et regardait les hommes comme des

instruments passifs qu'il faut savoir utiliser et qu'on brise dès qu'ils sont hors d'usage.

Sir Frédéric, bien qu'il eût fait d'assez pauvres études au collége d'Oxford, était cependant un jeune homme instruit, plein de lecture et d'imagination ; son intelligence avait tant de souplesse, il possédait une si merveilleuse facilité de compréhension et de paroles, qu'il eût admirablement réussi dans tout ce qu'il aurait voulu entreprendre. Par malheur, fort jeune encore, il avait perdu son père : lord Felton avait fait tout son possible pour l'engager à des études sérieuses et le rendre capable de siéger un jour avec honneur dans la chambre haute ; mais ce jeune homme, qui avait en horreur le travail et qu'une organisation ardente et vive emportait vers le plaisir, avait toujours négligé les conseils de son oncle et ne songeait absolument qu'à mener bonne et joyeuse vie.

Cependant ses ressources pécuniaires étaient
bien loin de répondre à l'exigence effrénée de
ses désirs : il avait des équipages, une livrée,
un hôtel riche et splendide à Londres ; et pourtant ses amis les plus intimes ne lui connaissaient aucun revenu ; personne au monde ne
pouvait savoir dans quel mystérieux Pactole il
puisait à pleines mains. On murmurait bien
parfois, autour de lui, certaines insinuations
malveillantes qu'il feignait de ne pas entendre,
et qui cependant lui faisaient monter le rouge
au visage : on disait qu'après avoir ruiné déjà
sept ou huit grandes dames du plus haut pa-
rage, il était subitement redescendu des splen-
deurs de l'aristocratie pour se plonger dans
les vulgaires délices d'une alcôve bourgeoise où
sans doute il trouvait l'or qu'il n'avait pas.

En effet, une liaison très-intime durait depuis quelques années entre sir Frédéric et ma-

dame Hamilton, riche et tendre beauté de qua-
rante-cinq ans à peu près : cette femme, qui
passait pour veuve, avait été la maîtresse d'un
ministre de Georges III, et toute sa fortune, qui
était fort considérable, provenait de la munifi-
cence amoureuse du noble personnage. Cette
dame, bien qu'un peu mûre, avait toujours le
cœur prodigieusement sensible; à mesure que
la flamme de ses yeux s'amortissait, son cœur
devenait plus ardent, sa nature beaucoup plus
nerveuse, et pourtant le nombre de ses adora-
teurs infiniment plus restreint.

Par malheur, elle rencontra dans un bal sir
Frédéric; elle le trouva charmant, spirituel,
valseur parfait : chaque jour elle l'apercevait
galopant devant sa fenêtre, sur un beau cheval pur sang qu'il maniait avec une merveilleuse
adresse. Il n'en fallut pas davantage pour in-
cendier le cœur de madame Hamilton; elle se

crut aimée : d'abord elle essaya de fuir, comme
il est d'usage parmi les prudes anglaises ; mais
sir Frédéric s'acharnant après elle , comme un
taureau furieux d'amour, ou plutôt comme
Jupiter à la poursuite d'Europe , pénétra la
nuit dans l'appartement de la vieille et scrupuleuse Laïs , et l'enleva dramatiquement , malgré
sa molle résistance , ses cris sourds, et ses larmes qui ne coulaient pas.

Madame Hamilton , très-fière et très-enchan-
tée d'une pareille violence, trouva cela fort romanesque et d'excellent goût : elle crut, pour la
première fois , connaître l'amour ; elle exagéra
très-complaisamment la passion terrible de son
ravisseur , et n'eut pas la barbarie de prolonger
le martyre d'un si galant chevalier.

Mais une quinzaine de jours après sa victoire,
Frédéric avait complétement changé de carac-

tère et de procédés ; une étrange métamorphose venait de s'opérer en lui : son langage,
d'abord si tendre, si langoureux, si plein de
miel et de caresses, prit soudain quelque chose
d'acerbe et de violent, qui épouvanta la pauvre
femme et la fit tristement réfléchir. Chaque jour
l'amoureux Cléland perdit comme une parcelle
de son amabilité ; il parla en maître, menaça
continuellement sa maîtresse de la compromettre et de rompre avec elle : il sentait bien que
jamais cette femme ne l'avait plus aimé ; il sentait bien qu'il pouvait tout se permettre, qu'il
avait pris sur elle un fatal empire, et que la
malheureuse était dans sa main, comme l'âme
d'un damné dans les griffes de Satan.

Les dettes de sir Frédéric étaient déjà fort
considérables. Il fallait imaginer à toute force
un expédient pour les amortir, ou faire au moins
patienter cette race avide et irritable, cette ver-

mine rongeuse qu'on appelle juifs et usuriers :
c'est pourquoi, assiégé sans cesse, traqué de
toutes parts, il n'avait rien trouvé de mieux,
pour le moment, que de se faufilér derrière les
rideaux d'une vieille et riche coquette, dans le
nid d'une tendre colombe surannée, dont il se
promettait bien d'arracher une à une toutes les
plumes en attendant meilleure chasse.

Depuis trois ans à peu près qu'il était adoré
de madame Hamilton, il l'avait ruinée aux deux
tiers; et, si la trop généreuse Manon Lescaut
n'eût pas eu fort heureusement une partie de
ses biens inaliénable, sir Frédéric l'eût sans
doute congédiée depuis très-longtemps sans un
farthing. Madame Hamilton se doutait bien
qu'elle ne régnait pas seule dans le cœur immense du beau Lovelace, et qu'elle s'y trouvait
en compagnie avec trente ou quarante beautés
aristocrates et bourgeoises, qui partageaient en

sœurs avec elle ; mais elle était si folle d'amour,
elle avait pour Cléland une passion si frénétique, que, malgré toutes les infidélités possibles,
les mauvais traitements, les injures, elle continuait à l'adorer comme une idole, comme un
fétiche.

Cependant sir Frédéric, voyant la source
bien près de tarir, en cherchait une autre plus
neuve et plus féconde, mais il ne trouvait rien ;
les usuriers devenaient moins traitables, les intérêts plus lourds, et ce jeune libertin ne reculait devant aucun sacrifice pour avoir les
moyens de satisfaire son ardente passion du
jeu.

Il engloutissait toutes ses nuits dans les tri-
pôts de Londres, dans les *Enfers*, espèce de vil-
les souterraines et sourdes, qui se cachent honteusement au milieu de cette ville géante, que

l'œil investigateur de la police ne peut fouiller
dans ses profondeurs.

Les *Enfers* de Londres ne sont nulle part et
sont partout. Comme on ne tolère pas ces pro-
fanes établissements, et que la police parvient
souvent à les découvrir, ils sont, pour ainsi
dire, nomades; ils changent continuellement
de place, et cet horrible mobilier des maisons
de jeu, tapis vert, dés, roulette, râteau de
croupier, tout cela voyage incessamment d'une
maison à l'autre, d'un quartier à l'autre, et, le
soir venu, les démons de ces *Enfers,* qui seuls con-
naissent le changement de domicile, se glissent
un à un, par des couloirs obscurs, et pénètrent
chargés d'or dans leur nouveau pandœmonium.

C'est une effroyable chose, que ce pêle-mêle
de figures, d'âges et de costumes; ce chaos
d'hommes animés de passions mauvaises, dé-

vorés de la soif du gain, qui se rassemblent la nuit comme des vampires, pour se pomper le sang les uns des autres, et s'entre-dévorer.

Comme ces honteuses demeures sont clandestines et toujours au moment d'être envahies par la force armée, elles ont, en général, beaucoup d'issues ténébreuses, de portes masquées, de corridors longs et tortueux, par où les joueurs, surpris en flagrant délit, parviennent presque toujours à s'échapper, après avoir éteint les lampes et les chandelles. Aussi, lorsque les constables et les gens de police pénètrent dans l'intérieur de ces maisons, dont les volets demeurent fermés le jour, ils arrivent avec des torches et des lanternes, car ils savent bien qu'ils vont se trouver dans l'obscurité.

Souvent, lorsque le tapis vert est plein d'or et de bank-notes, au moment où la bille fatale,

qui roule circulairement, va s'arrêter dans une
case, un cri d'alarme se fait soudain entendre, un
sauve-qui-peut sinistre, qui retentit du bas de
l'escalier jusqu'au fond des appartements. Alors
c'est une confusion bizarre : on se pousse, on se
heurte, les flambeaux s'éteignent ; et d'adroits
filous profitent de la terreur panique et des ténèbres pour faire main-basse, avec une célérité
merveilleuse, sur les dépouilles opimes de la banque et des joueurs. Quelques minutes après, on
s'aperçoit, mais trop tard, que l'alerte était
fausse, et que les prétendus constables ne sont
que des voleurs qui ont fui les premiers, après
avoir rempli leurs poches.

Cette habile rouerie des Mercures de Londres avait encore un prodigieux succès il n'y a
guère qu'une vingtaine d'années : presque toutes
les semaines, un pareil escamotage se faisait à la
barbe de quarante ou cinquante personnes ; et,

bien que ce pillage organisé n'eût plus même
le mérite de la nouveauté et de l'invention, il
ne laissait pas d'être fort productif, et réussis-
sait presque toujours.

Depuis deux ou trois mois sir Frédéric en
avait même été plusieurs fois victime. Un jour,
entre autres, qu'il avait perdu une somme pro-
digieuse, et que, malgré les conseils de ses amis,
malgré sa mauvaise chance, il empruntait à mesure qu'il perdait, et s'acharnait à jouer en vo-
missant de terribles imprécations, tout à coup
la fortune, qui le ballottait si rudement depuis
quelques heures sembla lui devenir favorable
et le traiter en ami : en moins de sept ou huit
tours, sir Frédéric avait regagné presque tout
ce qu'il avait perdu ; mais, doublant toujours
son enjeu, laissant l'or et les bank-notes qu'il
gagnait s'accumuler sur le tapis, il ne voulait
pas se donner la peine de ramasser avant d'a-

voir atteint une somme idéale, un chiffre prodigieux qu'il avait marqué dans sa tête. La bille
tournait toujours, et la griffe infatigable du
croupier attirait sans cesse à elle la toison d'or
des joueurs ; mais l'enjeu de sir Frédéric allait
toujours grossissant, se multipliant toujours, et
le jeune téméraire, qui sans doute pensait, comme
Virgile, que la fortune aime les audacieux, demeurait les bras croisés, froid, impassible, au
milieu des joueurs émerveillés. Enfin il attei-
gnait presque le chiffre bienheureux, le fantastique Eldorado qu'il rêvait en silence : la bille continuait à courir circulairement ; elle hésitait,
mouvante encore et incertaine, quand soudain
un violent bruit de marteau se fait entendre à la
porte d'entrée, et ce cri : *Les constables, voilà les
constables !* retentit comme le tonnerre dans toute
la maison. En une seconde, toutes les lumières
sont éteintes ; les joueurs se lèvent précipitamment ; on se rue aux portes : Cléland seul se

cramponne à la table, repousse à coups de
poing tous ceux qui veulent s'en approcher, tire
de sa poche une boîte de phosphore, et rallume
vivement les bougies. Il promène un regard
sur le tapis vert, et jette un cri de fureur : les
piles de guinées et de souverains avaient disparu !... il ne restait plus que les billets de banque !
Il lance un rapide coup d'œil autour de lui :
presque tous les joueurs, le croupier lui-même,
s'étaient sauvés dans un corridor, dont ils
avaient fermé la porte à double tour. Un homme
seul était demeuré ferme à son poste de joueur :
il était assis en face de Cléland, et, les deux cou-
des appuyés sur la table, le menton dans les
deux mains, il regardait le gentilhomme d'un
air stupide et indifférent, comme s'il ne se fût
pas le moins du monde occupé de tout ce qui
se passait autour de lui.

Ce personnage était un homme de petite taille,

grêle, sec, pâle, à la mine cadavéreuse; son
front, bas et déprimé, était tout grimaçant de
rides; un sourire presque idiot relevait jusqu'au
nez sa lèvre supérieure, et découvrait ses gencives rouges, aux longues dents ébréchées. Sa
perruque fauve se hérissait hargneusement sur
sa tête; il avait une cravate blanche, horrible de
taches; et son habit noir, râpé jusqu'à la corde,
trahissait, en maint endroit, le fil blanc et dis-
parate dont une main peu habile l'avait recousu.

Ce n'était point la première fois que Cléland
rencontrait ce personnage dans les *Enfers* de
Londres : il avait cru s'apercevoir que cet effroyable visage de hibou était là toujours, en face
de lui, quand une fausse alarme avait mis les
joueurs en fuite. Ce qui paraissait fort étrange à
sir Frédéric, c'est qu'en pareilles circonstances
l'or seul disparaissait, tandis que les billets de
banque demeuraient à la même place. Une par-

ticularité semblable, qui se renouvelait sans
cesse, ne pouvait donc pas être entièrement l'effet du hasard : c'était sans doute le résultat
d'une manœuvre, d'une combinaison diabolique qu'un jour ou l'autre on devait découvrir.
Cléland fit en outre la réflexion que bien souvent, en rentrant chez lui après un événement
de ce genre, il avait trouvé dans ses poches des
billets de banque faux, très-habilement contre-
faits, et qu'un œil exercé pouvait néanmoins reconnaître avec un peu de temps et de patience.

— Monsieur, dit-il, en arrêtant sur le petit
homme un regard fixe et profond qui le fit tressaillir, comme au toucher du galvanisme ;
monsieur, vous avez donc la conscience bien
nette, que la visite des constables ne vous fait
pas bouger de votre chaise?

— Monsieur!.. bégaya le vieillard pâle, dont

I   10

les dents claquaient comme dans un accès de fièvre, excusez... j'ai la goutte, et mes pauvres jambes sont dans un bien mauvais état...

— Ah! c'est différent! continua Frédéric en le pétrifiant d'un regard. D'ailleurs, je vois que messieurs les constables sont trop polis cette fois pour entrer sans qu'on leur ouvre...

— Ah! ah! ah! vous croyez, mon cher monsieur? Vous me rassurez beaucoup... au moins j'aurai le temps de m'en aller... Adieu, monsieur... Bonne chance!

Et l'affreux personnage se leva tout grelottant, la tête branlante, et se traînant à peine, comme s'il avait eu dans le corps un verre de vin des Borgia; mais avant qu'il eût gagné la porte, sir Frédéric s'élança vers lui, le retint par un pan de son habit, et promena rapidement la main sur les vêtements flasques et vides de cette espèce de fantôme. Il découvrit une large besace gonflée d'or sur le ventre du petit vieillard ; il plongea la main dans cette poche : un paquet de billets de banque était enfoui sous l'or. Cette investigation ne dura qu'un instant.

Et Cléland, les dents grinçantes, les yeux flamboyants de colère, secoua vivement ces homme qui tomba vite à genoux en joignant les mains.

— Malheureux ! dit Frédéric.

— Monsieur, ne me perdez pas !... vous saurez tout... balbutia le vieillard avec des gestes suppliants et désespérés.

A l'instant même un bruit de pas et de voix se fit entendre dans le couloir secret, par où la foule s'était évadée : la porte s'entr'ouvrit d'abord avec précaution ; et la figure blafarde et stupide du croupier apparut comme un spectre par l'entre-bâillement de la porte.

— Pas un mot ! dit sir Frédéric au vieillard toujours agenouillé devant lui ; pas un mot, ou je vous perds !

Il parlait à voix basse : le vieillard pouvait seul l'entendre.

— Monsieur, je suis votre esclave ! murmura le pauvre diable à moitié mort de frayeur. Ne me perdez pas, ne me perdez pas !

Le croupier, n'apercevant pas la moindre figure de constable ou d'officier de justice, fit signe aux joueurs qu'ils pouvaient rentrer sans aucun risque et reprendre le jeu interrompu : les siéges furent assaillis de nouveau autour du tapis vert ; la banque remplaça les sommes vo-

lées, et la bille recommença de plus belle à
tourner dans le cercle aléatoire.

Cléland emporta le matin une masse énorme
de billets de banque : pendant toute la nuit, il
n'avait point détaché son regard du mystérieux
personnage qui lui appartenait corps et âme, et
qu'il pouvait d'un mot, sans doute, envoyer à
la potence.

Les rayons du soleil levant perçaient déjà
les fentes des volets, quand sir Frédéric quitta la
table de jeu. Mais avant de sortir, il fit un signe
au vieillard, un signe impérieux et presque im-
perceptible qui fit trembler convulsivement le
misérable : il se leva bien vite et suivit Cléland,
triste et la tête basse, comme un chien qui
marche derrière son maître en flairant le bâton.

IX.

La voiture de sir Frédéric attendait à quelque
distance, au coin d'une rue; il y fit monter
d'abord le petit homme, et monta ensuite.

— Ton nom? demanda-t-il avec une inflexion

de commandement qui glaça le vieillard depuis
la plante des pieds jusqu'à la perruque.

Comme celui-ci hésitait à répondre et balbutiait sans articuler une syllabe distincte Cléland
réitéra sa question en le secouant rudement par
le collet de son habit noir, qui, déjà mûr et
passablement avancé en âge, manqua de lui
rester à la main.

— Je m'appelle Job Griffith, murmura le
vieux en renfonçant presque à moitié sa tête
dans ses épaules, et fermant les yeux pour échapper au regard vif et perçant de l'interrogateur.

— Ah çà, tu penses bien, vilain oiseau de
nuit, que je ne me laisserai pas sottement plu-
mer par un vieux hibou! Allons, vide ta besace,
et rends-moi ce que j'ai bien gagné : je n'aime
pas les faux billets de banque!

Job poussa une lamentation profonde, comme il en devait parfois sortir des entrailles de son patron biblique étendu sur le fumier ; il plongea sa main crochue et noire dans la poche secrète qui lui garnissait le ventre, puis il en retira en gémissant des poignées de pièces d'or et de bank-notes, dont Frédéric s'empara aussitôt.

— Sais-tu, vieux scélérat, que tu contrefais merveilleusement les billets de banque, et que je ferais une œuvre pie en t'envoyant gambader au bout d'une corde à la porte de Newgate !

Un frisson convulsif agitait les membres grêles du vieillard : il voulut bégayer des prières, mais chaque mot lui restait à la gorge comme s'il eût senti déjà le collier de chanvre.

Cléland ne put s'empêcher de rire en voyant la mine effarée et piteuse de ce pauvre diable ;

mais, ne voulant pas l'effrayer davantage, il lui
frappa sur l'épaule et lui dit, avec un air de
bienveillance passablement railleuse :

— Allons, rassure-toi, Job ; tu es un habile
homme, j'aime le talent, n'importe où il se
trouve. Ma foi ! tes billets de banque feraient
honneur au burin de l'État : les signatures trom-
peraient le diable lui-même, excepté moi, pourtant, car je m'y connais, Dieu merci ! Voyons,
nous allons faire ensemble un petit arrangement : tu vas me promettre de devenir honnête
homme, c'est-à-dire, mon cher, de ne plus employer les dons heureux que tu as reçus du Ciel,
à ruiner cette bonne et vieille Angleterre, qui
serait fort à plaindre d'avoir une douzaine d'ar-
tistes comme toi. Écoute, ami Job, je veux te
remettre dans la bonne route, je veux t'arracher
aux griffes de Satan et faire de toi un personnage
considérable. Tu sauras plus tard quels sont

mes projets : en attendant, l'ami, je t'exhorte à
fuir les tripots comme la potence elle-même!
Malheur à toi, si je trouve encore ta carcasse
juive dans le voisinage d'un tapis vert! tu es
bien sûr alors de ne pas mourir de la goutte!
Tu vas loger dans mon hôtel; tu seras muet
comme la tombe!... si je suis un peu content de
toi, sois tranquille, je me charge de ta fortune.
Job, tu seras mon secrétaire, mon confident!...
tout ce que je te dirai, tu l'enseveliras dans ton
âme comme un cadavre à six pieds sous terre ;
tout ce que je t'ordonnerai, tu le feras immédiatement, sans observation, sans réplique, sans
frayeur. Songe que tu es à moi, que ta pauvre
vie est la flamme d'une chandelle que je puis
éteindre d'un souffle. Et, maintenant, acceptes-
tu mes conditions?

— Oui, votre honneur, murmura Job dont
l'œil, terne et mourant tout à l'heure, prit su-

bitement feu comme un grain de poudre ful-
minante. Mettez-moi tout de suite à l'épreuve !
je serai votre chien , milord.

Il y avait dans la physionomie du vieillard
une expression de malice et de méchanceté railleuse qu'il était impossible de définir. C'est que
Job avait cru lire tout à coup dans les yeux de
Cléland un projet sinistre et plein de ténèbres,
auquel ce vieux Méphistophélès était ravi de
coopérer.

Sir Frédéric , doué d'une pénétration merveilleuse pour découvrir dans le repli des cœurs
tout ce qui s'y cachait de pervers et d'infâme ,
sir Frédéric avait reconnu tout de suite , dans
les traits sordides de ce vieillard, une âme basse
et dégradée , une créature mauvaise , toujours
prête à servir les passions coupables de celui qui
aurait assez d'or pour l'acheter , assez d'empire

et de force pour la rendre esclave et la fouler
aux pieds comme un ver de terre. Il avait donc
compris que cet homme, en guerre avec la société, promis à la potence, deviendrait l'aveugle
instrument de ses désirs, de ses machinations.

Job faisait à Cléland l'effet de cet horrible
apothicaire qui vend du poison à Roméo, bien
qu'il sache parfaitement que ce poison ne doit
pas guérir, mais tuer.

Depuis quelque temps sir Frédéric observait
cet homme avec une attention particulière, dans
toutes les maisons de jeu qu'ils fréquentaient
l'un et l'autre : il n'avait jamais communiqué
à personne les soupçons encore assez vagues que
lui inspirait le vieux juif; mais, comme il se
glissait toujours quelque faux billet de banque
au milieu des enjeux, chaque fois que la hideuse
figure du juif apparaissait dans un *Enfer*, sir

Frédéric avait redoublé de vigilance et de cir-
conspection, sans en avoir l'air, et se promettait bien de mettre, un jour ou l'autre, à pro-
fit le résultat de ses observations mystérieuses.

Sir Frédéric alla visiter le réduit obscur
qu'habitait Job, dans une rue noire et puante
de la Cité, au fond d'une masure épouvantable
à voir. La chambre du juif était pleine d'instruments de tout genre, qui servaient à sa coupable industrie. Partout des tablettes de cuivre,
des burins, des fioles d'eau-forte et de liqueurs
étranges, au moyen desquelles il faisait disparaître l'écriture et l'impression avec une habileté
satanique.

Job ne contrefaisait pas seulement les billets
de banque ; il fabriquait aussi très-adroitement
des lettres de change, des billets à ordre, des
faux en écriture publique ou privée, et, la

plupart du temps, les maisons de banque ne re-
connaissaient la fausseté des signatures qu'après
avoir payé le montant des effets. Plusieurs fois
même les négociants et les banquiers avaient
cru faire honneur à leur paraphe en payant
les faux billets du juif, et trop tard ils s'aperce-
vaient de leur fatale erreur.

Dans un pays comme l'Angleterre, qui n'est
riche que par le crédit et le mouvement de ses
banques, le faux en matière de commerce est
regardé comme le plus grand de tous les crimes,
et l'on ferait plutôt grâce à un empoisonneur
qu'à un faussaire : la moindre lettre de change,
la moindre signature de marchand contrefaite,
envoie le coupable au gibet sans miséricorde.

Or, il y avait dans la chambre du juif de quoi
le faire pendre cinquante mille fois, s'il avait
eu cinquante mille cous de rechange.

Sir Frédéric, qui prenait assez rarement le parti du juste contre l'injuste et qui s'embarrassait fort peu du bonheur de la société, n'avait donc aucun motif pour dénoncer aux magistrats ce misérable, tandis qu'il pouvait avoir au contraire d'excellentes raisons pour l'attacher à son service.

On saura plus tard quel était le but de sir Frédéric en épargnant cet homme : les événements de cette histoire, sombre et fatale, révéleront bientôt l'épouvantable drame qui se nouait déjà dans le cœur ténébreux de Cléland.

Quelques jours avant qu'il eût découvert la fourbe du juif, sir Frédéric, assailli de créanciers, ne sachant plus où donner de la tête, avait emprunté de l'argent à des intérêts énormes. Un misérable usurier, nommé Samuel, qui avait obtenu contre sir Frédéric plusieurs prises de corps, pouvait d'un moment à l'autre le faire saisir et mettre en prison ; mais, comprenant bien qu'il serait assez dangereux de se brouiller à mort avec un homme irritable et violent, qui n'avait jamais pardonné une offense, Samuel, qui d'ailleurs avait fait de très-bonnes affaires avec lui, voulut bien consentir à lui prêter encore une somme considérable, moyennant laquelle sir Frédéric s'engageait sur l'honneur et par écrit à vendre un jour au prêteur le château des Felton, après la mort de son oncle. L'usurier s'obligeait en outre à servir au jeune libertin une rente de vingt mille livres pendant quinze ans ; mais il était bien convenu dans leur traité que, si lady Felton devenait enceinte, la rente des vingt mille livres cesserait à l'instant même.

Sir Frédéric, regardant cette clause comme illusoire, n'avait pas fait la moindre difficulté ; il

I

trouvait l'arrangement superbe, admirable, et riait en lui-même de la simplicité du vieux renard, qui se prenait au piége comme une poule aveugle. Frédéric se considérait depuis longtemps comme l'unique et seul héritier de son oncle, qui, n'ayant pas d'enfant, devait se trouver encore bien enchanté d'avoir un neveu. Il calculait donc, en se frottant les mains, le nombre d'années que lord Felton pouvait vivre encore, suivant l'échelle des probabilités humaines ; il lui donnait quatorze ou quinze ans, et se croyait le plus généreux du monde : alors, son cher oncle une fois couché près des Felton, lui Frédéric aurait bien assez de beaux domaines et de magnifiques châteaux aux environs de Londres, sans avoir besoin de garder ce vieux manoir du Cumberland, perché sur le haut d'une roche comme un nid de vautours. Jusqu'à cette bienheureuse époque, il n'était pas fâché de recevoir vingt mille livres sterling de rente annuelle et paya-

ble par trimestre, qui l'aiderait au moins à descendre le fleuve de la vie assez commodément
et lui rendrait l'exercice de la patience beaucoup
plus facile.

Cléland pensait donc qu'il devait gagner de
toutes manières à ce marché et que cette prompte
recrudescence de fortune allait rétablir son crédit, qui depuis longtemps menaçait ruine. Tou-
tefois le prudent Samuel avait eu soin de stipu-
ler, dans le contrat aléatoire, que sir Frédéric,
le cas échéant, bien que très-invraisemblable,
où lady Felton deviendrait enceinte, serait tenu
de rendre immédiatement les sommes déjà prê-
tées avec tous les arrérages de ladite rente, sans
préjudice des intérêts et droits de commission,
qui pourraient se monter alors au taux fixé par
la discrétion bien connue du bailleur de fonds ;
faute de quoi sir Frédéric abandonnerait au

créancier tous ses biens présents et à venir, et serait détenu jusqu'à l'extinction de sa dette.

Cléland ne revenait pas de son bonheur : pour la première fois de sa vie il faisait une bonne affaire, et, dans les transports de sa joie frénétique, il recommençait chaque nuit, avec ses camarades, des orgies plus infernales les unes que les autres ; lorsqu'en rentrant chez lui, un matin, il reçut deux lettres : l'une était de son oncle, qui le priait de venir passer quelques jours dans le Cumberland ; l'autre était de miss Nelly.

X.

Cléland s'empressa d'ouvrir la lettre de son oncle ; il la parcourut rapidement, et se frotta les mains avec un sourire indéfinissable.

— Parbleu ! dit-il, ce cher oncle est vraiment

bien honnête! il m'ouvre à la fois son cœur et son château! C'est à merveille! Je ne lui tiendrai pas rigueur. Cordieu! j'ai bien envie d'aller faire une petite visite à la belle tante; elle est toujours adorable, ma foi! plus jolie et plus fraîche que jamais! Eh! sur ma parole, on ne sait pas ce qui peut arriver! la chair est faible, comme dit je ne sais plus trop quel vieux paillard?... mais, en revanche, si la chair est faible, le diable est fort!... Nous verrons, nous verrons, douce et chaste Susanne!

En disant cela, une expression de haine et de colère contractait ses lèvres, il secouait la tête avec menace, il serrait les dents : c'est qu'il était plein encore du passé; il ne pouvait bannir de sa mémoire l'impuissance et la honte de ses projets avortés, ses vains projets de séduction, et le regard de mépris avec lequel une femme noble et vertueuse l'avait terrassé un jour. Il

conservait encore au fond de son cœur l'éternelle blessure, cette blessure incurable et sai-
gnante de l'amour-propre, ou plutôt de l'amour
dédaigné.

Bien qu'il n'eût jamais aimé sa tante d'un
amour véritable et profond, néanmoins irrité
par les obstacles qui lui paraissaient insurmon-
tables, curieux de séduire une femme si pure, si
incorruptible, il l'avait longtemps convoitée en
silence, avec un délire fiévreux que ne pouvait
calmer la possession des plus adorables femmes
d'Angleterre. Il brûlait, dans son ardente soif
de libertinage, il brûlait d'effeuiller cette fleur
d'innocence et de candeur, que le souffle em-
poisonné de la cour n'avait pu ternir; il savait
bien que sir William Humbers était passionnément épris de lady Felton et n'obtiendrait jamais rien; mais un instinct de secrète jalousie
lui disait tout bas que sir William, sans être aimé

de la jeune comtesse, était loin pourtant de lui
déplaire et passait continuellement de longues
heures près d'elle, en des causeries mystérieuses et charmantes.

C'est pourquoi Frédéric, certain de ne jamais
réussir près d'une femme qui le détestait, avait
fait tout son possible, à force de raisonnements
et de colère, pour étouffer une passion folle qui
pouvait le perdre un jour auprès de lord Felton.
Depuis que sa tante l'avait foudroyé d'un regard
plein de mépris et d'indignation, Cléland avait
tout à coup changé de langage et de manières
avec elle, et ne lui parlait plus qu'avec ce ton
de courtoisie galamment respectueuse, qui n'offense jamais une femme d'esprit et de bon ton :
mais, au fond de l'âme, il avait juré mille fois
de se venger d'une manière ou d'une autre ; il
attendait avec une impatience cruelle que l'occasion vînt se présenter.

Le colonel Humbers, dont les qualités nobles et
chevaleresques formaient un singulier contraste
avec le caractère de sir Frédéric, recherchait
peu la société de ce jeune homme, auquel il serrait pourtant la main, quand le hasard les met-
tait en présence l'un de l'autre dans un salon.
Cléland témoignait beaucoup d'amitié au colonel, et lui parlait toujours de lady Felton avec
de merveilleux éloges qui ne faisaient qu'irriter
l'amour de sir William. Quand celui-ci venait
passer quelque temps à Londres pour affaires de
service, si Frédéric le rencontrait à cheval dans
Hyde-Park, il ne manquait pas de l'arrêter pour
lui dire qu'il avait reçu une lettre du Cumberland, lettre charmante et fort questionneuse,
où l'on demandait avec beaucoup d'instances
des nouvelles de sir William et l'époque de son
retour. Le colonel, dont le cœur battait avec
force, balbutiait, rougissait, faisait mille inter-
rogations étranges qui révélaient son trouble et
les orages profonds de son âme.

Sir William pouvait donc, sans être fat et va-
niteux, se croire aimé secrètement par lady
Felton.

Cléland fut enchanté de l'invitation que lui
faisait son oncle ; il résolut de partir avant cinq
ou six jours, quand il aurait apaisé les abois
des créanciers les plus intraitables. Il avait complétement oublié la lettre de miss Nelly, qui devait sans doute lui faire, comme toujours, des
reproches tendres et l'accuser d'ingratitude et
d'oubli. Cette jeune fille, que sir Frédéric avait
séduite uniquement pour se distraire, pour tuer
le temps au milieu des ennuis de la solitude ;
cette jeune fille, quoique belle et pleine d'amour,
n'avait jamais occupé dans le cœur de son amant
qu'une bien médiocre place. Il la ménageait
encore cependant et lui répondait de temps à
autre quelques douceurs fades et banales, quelques phrases de romans, sentimentales et ridi-
cules, parce qu'il pouvait un jour avoir besoin de

miss Nelly, et peut-être la faire entrer dans ses complots.

Cependant ses yeux tombèrent par hasard sur la lettre qu'il n'avait pas encore décachetée ; il l'ouvrit en bâillant, et, dès les premières lignes, il vit que la pauvre fille se lamentait comme d'habitude et le suppliait de venir la consoler, car elle était la plus à plaindre de toutes les créatures. Cléland se mit à rire aux éclats, et, ne se donnant pas la peine d'en lire davantage, il froissa le papier dans ses mains et le jeta au feu : une seconde après, il ne pensait plus à Nelly.

Quelques jours se passèrent ; sir Frédéric avait repris son train de luxe et de folles dépenses : chaque nuit l'or coulait à flots de ses mains; il perdait, et cependant il revenait joyeux à son hôtel.

Job Griffith logeait dans la maison de Cléland.
Celui-ci, qui le traitait avec une certaine distinc-
tion, avait tâché de lui faire adopter un costume
moins grotesque et plus convenable; mais Job,
animal d'habitude s'il en fut jamais, se trouvait
gêné sans doute dans ses habits neufs, et revenait
chaque matin à son vieil accoutrement, comme
on revient à ses premières amours. Cléland ju-
geait donc inutile de le contrarier pour si
peu de chose; il avait trop besoin d'un pareil
homme.

Souvent ils passaient des heures enfermés ensemble, et personne, pas même Frank, qui
était pour ainsi dire le confident de son maître,
personne encore n'avait pu savoir ce qui se passait entre l'horrible juif et le beau gentilhomme.

Sir Frédéric disposait tout pour son départ,
quand il reçut une autre lettre, qu'il jeta sur une

table avec impatience, en reconnaissant l'écriture : c'était encore une lettre de miss Nelly. Justement alors il se disposait à fumer un cigare
d'Espagne, et cherchait un morceau de papier
pour l'allumer : comme il n'en trouvait pas sous
la main, il jeta les yeux sur la malencontreuse
lettre, puis, allongeant le bras vers elle avec
indolence, il la prit, la déchira en deux, en
roula un fragment dans ses doigts et l'approcha
du feu. Mais tandis qu'il allumait le cigare, il
lut machinalement, à travers la flamme qui tour-
noyait sur le papier, quelques mots sans suite
dont la vue seule fit couler en ses veines un frisson de glace : il éteignit brusquement dans ses
mains la lettre qui brûlait, il l'ouvrit avec précipitation et la parcourut d'un bout à l'autre
avec d'affreux battements de cœur, tandis qu'une
pâleur mortelle se répandait sur son visage.

Cette lettre contenait ce qui suit :

« Mon beau Frédéric, mon amour, vous
« êtes bien méchant ! Dieu ! comme vous me
« négligez ! Je vous attends, je vous appelle, je
« vous implore ! Si vous saviez comme je suis
« malheureuse ! si vous saviez comme je pleure,
« je suis bien sûre que vous auriez pitié de moi,
« et que vous ne me laisseriez pas seule dans
« ce vilain château, si triste, si monotone, où
« je passe toute ma vie à gémir en pensant à
« vous !

« Mon Dieu ! mon Dieu ! comme je suis à
« plaindre ! je n'ai pas la moindre distraction :
« croiriez-vous que milady ne veut plus que je
« lise de romans ! Tous ces beaux livres, si
« pleins d'amour et de flamme, qui peignent
« si éloquemment tout ce que j'éprouve, tout
« ce que je souffre !... eh bien ! elle me les a re-
« tirés, elle les cache avec un soin extrême, et
« je n'ai pour toute ressource que d'ennuyeux

« ouvrages d'histoire et de morale, qui me font
« bâiller horriblement! Au moins, si elle m'a-
« vait laissé les belles poésies de lord Byron !
« mais elle m'a tout pris!... J'ai bien encore
« Shakespeare et Walter Scott, mais je les sais
« par cœur, et je n'aime pas à lire toujours la
« même chose.

« Cher ami, si vous étiez près de moi, si je
« pouvais entendre ces douces et brûlantes pa-
« roles qui sortent de vos lèvres, si je pouvais
« m'enivrer de vos regards si charmants, si
« tendres ! oh ! je serais heureuse ! Je n'aurais
« pas besoin de livres, je n'en voudrais avoir
« qu'un seul, votre cœur si plein d'amour et de
« poésie !

« Notre existence est bien morne au château:
« nous ne voyons personne, excepté le colonel
« William Humbers qui vient très-souvent, et

« qui me paraît fort assidu près de votre tante...

« Vous savez, mon bon Frédéric, que vous m'a-

« vez priée de vous tenir au courant de tout ce

« qui se passe au château? Vous sentez bien que

« notre manière de vivre est très-uniforme, et

« que nos jours doivent se ressembler presque

« tous : milord et milady font tous les matins

« des promenades à cheval, ils vont à la chasse,

« et moi je reste seule avec les gens du château,

« créatures grossières et sans éducation, qui sont

« incapables de me comprendre, et ne m'épar-

« gnent point les paroles blessantes quand ils peu-

« vent le faire sans que j'ose me plaindre à lady

« Felton. Toujours des allusions malveillantes à

« votre sujet, une foule de mortifications doulou-

« reuses, des piqûres d'épingle qui n'ont pas l'air

« de s'adresser à moi et qui me torturent! Oh!

« mon Dieu, mon Dieu! quand donc m'arrache-

« rez-vous à cette position fausse et humiliante,

« pour laquelle je ne suis pas faite? Vous qui

« m'aimez, Frédéric, vous qui me l'avez dit
« tant de fois, quand donc m'aimerez-vous as-
« sez pour ne pouvoir être heureux sans votre
« Nelly?... Hélas! vous savez tout ce que j'ai fait
« pour vous, tous mes sacrifices; je vous ai tout
« donné, tout ce que j'avais, pauvre fille!
« amour, honneur, tout enfin! Frédéric, Fré-
« déric, j'ai tenu ma promesse, quand rem-
« plirez-vous la vôtre?... »

Il y avait des traces de larmes sur le papier,
comme l'attestaient quelques mots effacés à demi;
mais toutes ces phrases tendres et amoureuses,
toutes ces redites passionnées et sentimentales
touchaient fort peu sir Frédéric, qui certes ne
les aurait pas lues jusqu'au bout, s'il n'eût craint
de passer quelque ligne importante : il parcourut
cette première partie de la lettre avec une grande
rapidité, et se hâta d'arriver au dernier pa-

ragraphe qui renfermait une nouvelle fou-
droyante.

Il était conçu en ces termes :

« Vous savez, mon ami, que je n'ai pas de
« secrets pour vous, et, bien qu'il soit mal peut-
« être de vous révéler un mystère dont j'ai sur-
« pris la connaissance par une espèce d'abus de
« confiance, je n'ai pas la force de vous le ca-
« cher, d'autant plus qu'il vous intéresse beau-
» coup. Depuis quelque temps milady était fort
« souffrante, elle changeait à vue d'œil, et son
« état maladif inspirait quelques inquiétudes à
« son mari. Milady, qui n'a pas, comme vous
« le savez, grande confiance dans les médecins,
« ne croyait point nécessaire de les consulter en-
« core ; mais enfin les douleurs qu'elle éprouvait
« devenant plus violentes, elle ne put résister
« aux prières de son mari, et consentit à voir

« le docteur Wilson. Je présume que dans cette
« première visite le docteur tranquillisa lady
« Felton sur la nature de son malaise, car elle
« fut après d'une gaieté folle et inexplicable;
« milord n'en pouvait comprendre le motif,
« moi-même j'en fus très-surprise, et je voulus
« pénétrer la cause de ce bizarre changement.
« Le lendemain, le docteur Wilson revint
« comme il l'avait promis. Milord était ab-
« sent; je me glissai dans un cabinet d'où je
« pouvais entendre les paroles du médecin, et
« j'appris, à mon grand étonnement, que mi-
« lady était enceinte.

« Elle ne voulait pas croire à son bonheur,
« et, malgré l'assurance du médecin, elle s'ob-
« stinait à l'accuser d'erreur, de méprise, et le
« suppliait de ne rien dire encore à personne
« avant d'avoir acquis entièrement la certitude
« de ce qu'il avançait.

« Voilà , mon cher Frédéric , ce que j'ai en-
« tendu ; j'espère encore pour vous et pour
« moi que le docteur s'abuse, et que sa prédic-
« tion ne se réalisera point. Voyez, mon ami,
« ce que vous avez à faire ; en attendant , soyez
« sûr que je vous tiendrai au courant de tout.»

Cette lettre anéantit Frédéric : une sueur
froide coulait de ses tempes; il serra les poings,
se frappa le front avec désespoir, et concentra
tout à coup dans une seule et même pensée
tout ce qu'il avait de force et de puissance pour
le mal. Sa résolution était prise : le cerveau de
cet homme venait d'enfanter un projet noir et
terrible comme l'enfer.

Il sonna brusquement son domestique.

— Des chevaux de poste ! dit-il, je pars à

l'instant même pour le Cumberland ! Que Job
Griffith descende, j'ai besoin de lui.

Quelques moments après, le juif, ployé en
deux comme un esclave d'Orient devant son
maître, entra la plume sur l'oreille, et demanda
très-humblement au gentilhomme ce qu'il avait
à lui commander.

Cléland ferma la porte au verrou, dit au juif
de s'asseoir devant une table, et de se préparer
à écrire ; puis, tirant d'une armoire un paquet
de lettres, il les jeta devant le juif.

— Tu sais, Job, dit-il en fronçant le sourcil
à la terrible façon des *Redgauntlet* de Walter
Scott, tu sais que je suis maître de ta vie?

— Oui, votre honneur !

— Eh bien ! tu es mort, si tu parles jamais
de ce que nous allons faire ensemble !...

Une heure après, sir Frédéric et Job Griffith montèrent dans une chaise de poste qui les emporta soudain au grand galop. Frank et un autre domestique les accompagnaient.

En moins de trente-six heures sir Frédéric était au château de son oncle.

XI.

En effet, la précipitation singulière, avec laquelle sir Frédéric avait fait le voyage de Londres
au château de Trévor aurait bien pu lui être fatale.
Sa voiture avait deux fois versé en route ; et à
quelques milles du château, le postillon n'ayant

pu contenir les chevaux qui s'emportaient sur une pente fort rapide, c'était par une espèce de miracle que l'équipage n'avait pas roulé dans un précipice qui bordait la route, et au fond duquel bouillonnait une eau bruyante dans un lit de rochers.

A plusieurs milles du château, presque tous les chemins étaient fort dangereux : partout des rochers, des abîmes, des routes sans balustrade, où la moindre déviation d'une voiture pouvait causer de graves accidents. Toute cette contrée est merveilleusement pittoresque : c'est un mélange de prairies verdoyantes, de lacs immenses, de ravins et de torrents ; à l'opposé de la mer, on voit s'élever parmi les brumes à l'horizon de hautes montagnes bleuâtres : cette partie du Cumberland est toute pleine de beautés horribles, de scènes grandioses et mélancoliques.

Il y avait huit jours que sir William Hum-

bers s'était embarqué pour l'Irlande. Lord
Felton n'avait pas encore reçu des nouvelles
de son ami; un pareil silence commençait à
l'inquiéter, car Dublin venait d'être le théâtre
d'une insurrection populaire qui n'avait pas été
réprimée sans effusion de sang : le régiment
du colonel Humbers, en garnison alors dans
cette ville, s'était vu dans l'obligation de faire
usage de ses armes; il avait tiré sur le peuple
pour se défendre, et les révoltés furieux s'étaient
rués sur les soldats à coups de pierres, à coups
de couteau : on citait plusieurs victimes de part
et d'autre.

Cléland surtout paraissait vivement s'intéresser au sort du colonel : il en parlait sans cesse,
et demandait régulièrement tous les matins à
son oncle s'il avait reçu des nouvelles.

Frédéric était pour lady Felton d'une galan-

terie charmante; il l'entourait de soins gracieux
et de prévenances plus aimables les unes que
les autres : c'est au point que la jeune comtesse
commençait à se trouver injuste pour son neveu, et se réconciliait tout bas avec lui. Néanmoins elle aurait bien voulu que les entretiens
de miss Nelly et de Frédéric n'eussent pas été
si fréquents ; elle les surveillait toujours avec une
attention prudente et maternelle sans en avoir
l'air, et plusieurs fois elle avait retenu la jeune
fille auprès d'elle, sous différents prétextes,
quand elle la voyait prête à s'enfuir dans le jardin pour aller sans doute rejoindre Cléland
sous les ombrages du parc.

De temps à autre, lady Felton voyait, avec une
sorte de frayeur indéfinissable, apparaître la
pâle figure du vieux Job, fantôme grotesque,
épouvantable, qui semblait fuir le grand jour
comme un oiseau de nuit, et ne rôdait qu'à la

brune dans les galeries du château. Elle ne
pouvait comprendre dans quel but sir Frédéric avait amené ce hideux personnage : elle,
avait plusieurs fois même questionné son neveu avec une expression de curiosité inquiète;
mais celui-ci détournait presque toujours la
conversation d'un air d'indifférence, ou répondait en souriant que ce vieillard était un pauvre diable qui lui avait rendu autrefois quelques
services, et qu'il ne voulait pas laisser mourir
de faim.

Cléland n'avait plus que de rares conférences
avec Job Griffith, qui demeurait dans les combles du château. Cependant, de fois à autre, les
domestiques, en montant le soir dans leurs cham-
bres, avaient rencontré sir Frédéric dans le couloir sombre qui menait au grenier du juif, et,
pendant quelques heures, ils avaient cru entendre parler à voix basse dans ce réduit mysté-

rieux où personne, excepté Cléland, n'avait pé-
nétré depuis l'installation du vieillard.

Un jour que lord Felton venait de sortir à
cheval, seul avec son neveu, lady Felton, qui
se trouvait trop faible et trop souffrante pour
supporter la fatigue d'une longue promenade,
reçut une lettre fermée d'un cachet noir et sans
adresse. Elle hésitait d'abord à l'ouvrir : Ralph
lui dit que cette lettre venait d'être apportée
par un homme, qu'il ne connaissait pas; cet
homme, qui n'avait donné aucune explication,
avait dit seulement qu'il arrivait d'Irlande, et
que son message était bien pour lady Felton;
puis, sans attendre une minute, sans accepter
même un verre de vin, il était reparti sur-le-
champ, malgré les observations de Ralph.

Un frisson de terreur glaça lady Felton; une

pensée rapide, affreuse, désespérante, avait traversé comme un éclair son esprit déjà sombre
et inquiet : elle n'en doutait plus, ce billet mystérieux, cacheté de noir, devait contenir quelque douloureuse nouvelle, sans doute la mort
du colonel Humbers. Elle brisa vivement le cachet, et reconnut l'écriture de sir William.

— Il n'est pas mort! s'écria-t-elle avec un
profond sentiment de joie. Mais pourquoi ce
mystère, ce cachet noir?...

Et, tenant la lettre d'une main tremblante encore, elle essaya de lire; mais un nuage couvrait
sa vue, et son cœur battait violemment : elle fut
obligée d'attendre quelques secondes avant de
pouvoir lire et comprendre ce qu'elle lisait.

Le colonel écrivait ce qui suit :

« Madame, pardonnez-moi, je vous en con-
« jure, si j'enfreins encore votre défense, c'est
« la dernière fois!... Hélas! depuis que je suis
« au monde, j'ai toujours été malheureux! tous
« ceux que j'aimais, je les ai vus mourir l'un
« après l'autre, et maintenant je suis seul, ab-
« solument seul!... Mon pauvre frère, cet ami
« qui me restait pour me donner encore un peu
« de courage, pour adoucir mes souffrances,
« eh bien, je l'ai perdu aussi! il vient de tom-
« ber près de moi, percé d'une balle! Depuis
« vingt-quatre heures, j'assiste à son agonie!...
« et maintenant, au lieu d'un frère si tendre-
« ment aimé, je n'embrasse plus qu'un cadavre!
« Lui, si plein de jeunesse, de courage et de
« force! lui si beau, et qui jusqu'à présent n'a-
« vait connu jamais que le bonheur, il est là,
« devant mes yeux, muet, insensible et glacé!
« C'est dans une heure que je vais le coucher

« dans le cercueil, c'est dans une heure que je
« vais le suivre !...

« A présent, madame, la mort a rompu tous
« les nœuds qui m'attachaient à la vie, il n'est
« plus rien qui me retienne au monde! J'avais
« rêvé le bonheur, mais ce bonheur était cou-
« pable, ce bonheur est impossible, je vais
« mourir ! Je vous ai offensée, je vous demande
« pardon, je vous le demande avec larmes, à
« genoux, les mains jointes ; et vous savez qu'il
« serait cruel de refuser le pardon à celui qui
« va mourir ! Adieu, madame, adieu ! oubliez
« un homme qui depuis sept ans n'est pas resté
« un seul jour, une seule minute, sans penser
« à vous, sans vous adorer... mais cet amour
« est un crime, et je dois m'en punir !

« Adieu, madame, soyez heureuse ! que le
« Ciel vous accorde tout ce qu'il m'a refusé de

« bonheur!... Si quelque jour vous songiez à
« moi, oh! je vous en conjure, pas de haine! et
« dites-vous bien que j'étais votre ami, votre
« frère!

« Ne montrez cette lettre à personne; d'ail-
« leurs, quand vous la recevrez, cette main qui
« l'écrit sera froide, ce cœur tout plein de vous
« aura cessé de battre! Il ne serait plus temps
« alors d'empêcher ma résolution de s'accom-
« plir!... elle est fixe, inébranlable; c'est le ré-
« sultat d'une longue et sage réflexion!... Mais
« il importe que ma mort soit regardée comme
« involontaire et causée par un accident. »

L'écriture de ce billet ne semblait pas tracée
d'une main ferme: il était facile de voir qu'en
l'écrivant sir William Humbers devait être

sous l'empire d'une terrible et fatale pensée, et
que l'arme était déjà préparée sans doute, et devant ses yeux peut-être.

Lady Felton, glacée d'horreur, regardait toujours la lettre, pâle, égarée, frissonnante ; elle
ne savait quelle détermination prendre, que
faire, que résoudre. Elle connaissait l'âme ardente et vive de sir William, sa fermeté, son
courage, et le dégoût sombre qu'il avait toujours
eu pour la vie ; elle savait bien qu'Humbers n'é-
tait pas homme à vouloir l'effrayer par de ridi-
cules fanfaronnades, qu'un projet semblable
annoncé de la sorte ne pouvait manquer d'avoir
une sanglante et prompte exécution ; et, quand
elle pensait avec amertume qu'elle était la cause
d'une si affreuse catastrophe, elle s'adressait de
cruels reproches et se disait que peut-être sa
conduite avec sir William n'avait pas été sage
et prudente, qu'elle aurait dû prévoir les suites

I   45

probables d'une si dangereuse intimité, et que,
sans avoir encouragé ce fol amour, elle avait
contribué peut-être à le développer dans le cœur
sensible du malheureux jeune homme. Alors
une grande douleur s'emparait d'elle ; et des
larmes brûlantes ruisselaient de ses yeux ; elle
sanglotait en murmurant le nom de William,
et conjurait le Ciel d'avoir pitié de lui, d'avoir
pitié d'elle-même.

Quand lord Felton et sir Frédéric revinrent
de leur promenade, ils trouvèrent la pauvre
femme les yeux noyés de larmes, les bras pen-
dants, la tête penchée sur la poitrine. Par bonheur elle avait caché la lettre de sir William :
elle n'en parla point, et lord Felton ne put savoir qu'elle l'avait reçue. Il fit mille tendres
questions à sa femme, et crut naturellement
qu'elle était plus souffrante ; il fit donc appeler
le médecin sans la prévenir.

Sir Frédéric avait témoigné aussi beaucoup
de surprise et de chagrin en voyant la pâleur et
l'affliction de sa tante ; mais cet air de chagrin
et d'étonnement n'était qu'un masque hypocrite
dont il avait jugé prudent de se couvrir, pour
dissimuler tout ce qu'il avait dans l'âme, et le
sourire étrange et cruel qui errait par moment
sur son visage.

Depuis quelques jours sir Frédéric savait
parfaitement tout ce que faisait le colonel Humbers : un homme sûr et dévoué surveillait tous
les pas, toutes les actions de sir William, et ren-
dait à Frédéric un compte exact et fidèle de ce
qui pouvait l'intéresser.

Cet agent mystérieux avait trouvé le moyen
de s'introduire auprès de sir William en qua-
lité de domestique : celui du colonel avait brus-

quement quitté son service quelques jours auparavant.

Sir Frédéric recevait, chaque matin, un billet sous enveloppe, qu'un pêcheur venait remettre à lui-même.

La tristesse de lady Felton devenait plus profonde : depuis deux jours ses larmes coulaient abondamment dès qu'elle était seule, et quand elle apercevait son mari elle se hâtait de les essuyer et s'efforçait de sourire; elle pensait continuellement à sir William Humbers; elle lisait et relisait avec des torrents de larmes cette lettre fatale qu'il avait écrite en face de la mort. Plusieurs fois lady Felton avait été sur le point de tout dire à son mari, de lui montrer cette lettre; mais elle n'osait pas, elle craignait de paraître coupable aux yeux d'un homme qui l'accuserait peut-être d'avoir manqué de confiance et de ne

l'avoir pas éclairé plus tôt ; lord Felton ne man-
querait point de lui reprocher la mort de son meilleur ami, d'un cœur noble et loyal qui n'eût
jamais conçu un amour criminel , s'il n'eût
pas cru voir qu'on lui donnait des encourage-
ments.

Cependant lady Felton aurait dû se réjouir ;
ses larmes n'auraient dû être que des larmes de
joie, car ce bonheur qu'elle avait si ardemment
souhaité, ce bonheur qu'elle n'osait plus même
espérer dans le fond de son âme , eh bien , il ne
se refusait plus maintenant à ses vœux : elle en
avait la certitude, elle était mère !...

XII.

Cléland reçut un matin quelques lignes écrites à la hâte ; l'orthographe annonçait une main peu lettrée ; le style en était fort laconique. On écrivait à Cléland :

« Vous pouvez être tranquille ; votre homme
« n'est pas mort ! Je suis arrivé à temps ; et d'un
« bon coup sur le bras, j'ai détourné la balle qui
« est allée se loger au plafond. Une heure après,
« il a reçu d'Angleterre une lettre qui a fait
« merveille : notre homme est d'une gaieté
« folle. Il s'embarque ce soir.

« Comptez plus que jamais sur votre fidèle †. »

Pour toute signature, il y avait une espèce
de croix mal faite qui avait une physionomie
toute cabalistique.

Cléland secoua la tête d'un air de triomphe ;
il déchira la lettre en fragments imperceptibles,
et courut chercher Nelly, que depuis quelques
jours il semblait adorer plus que jamais.

Nelly sortait alors de la chambre de sa maitrese : en apercevant Frédéric qui lui faisait signe de venir, elle courut à lui pleine de joie et d'empressement.

— Chère amour ! dit Cléland à voix basse, il faut absolument que je te parle ; j'ai quelque chose à te dire de la plus haute importance. Sois dans un quart d'heure au fond du parc, dans cette allée d'arbres verts où tu m'as donné rendez-vous l'autre jour : moi j'y vais de ce pas.

Nelly entra sur la pointe du pied dans la chambre de sa maîtresse ; et, voyant que lady Felton, accablée et pensive, ne relevait pas la tête, elle sortit avec précaution, gagna le jardin par une petite porte, et prit une allée sombre et détournée pour rejoindre son amant.

Elle était sortie à peine du château, que lord Felton entra fort soucieux dans la chambre de

sa femme. Il venait de recevoir une lettre d'un
ami demeurant à Dublin, qui lui disait : « Que
« les troubles avaient cessé, que tout rentrait
« dans l'ordre, et que, sans la prudente géné-
« rosité du colonel Humbers, le sang coulerait
« encore dans les rues ; mais sir William, ajou-
« tait le correspondant, a perdu son frère, le
« capitaine John ; et sa douleur est si profonde,
« qu'on le surveille de peur qu'il ne veuille se
« détruire. »

Cette lettre, postérieure de quelques jours à
celle que lady Felton avait reçue, neutralisait
donc l'effet de la précédente : elle devait dimi-
nuer les craintes de lady Felton, qui pouvait
croire dès lors qu'une circonstance heureuse
avait mis obstacle au funeste projet du colonel.
Cette espérance, bien que faible encore et douteuse, répandit comme un baume dans le cœur
de la pauvre femme ; elle joignit les mains, éleva

les yeux vers le ciel, dans un élan de reconnaissance indicible.

Alors, par une espèce de réaction bizarre,
indéfinissable, elle se prit à faire l'éloge de sir
William Humbers, à louer avec exaltation sa
loyauté, son courage, toutes ses qualités nobles et chevaleresques ; lord Felton , émerveillé
d'une si prompte métamorphose, n'y pouvait
rien comprendre et souriait avec bienveillance
et tendresse, en faisant aussi l'éloge du caractère généreux et bon de sir William.

Le panégyrique de leur ami absent n'était
pas encore épuisé, quand Ralph annonça le
docteur Wilson.

Lady Felton resta seule un moment avec le
docteur ; puis, après quelques paroles échan-
gées entre eux, elle agita vivement la sonnette,

et dit à Ralph qu'elle voulait parler à son mari.

Lord Felton s'empressa de rentrer : sa femme l'attendait avec une incroyable impatience, le cœur bondissant, la physionomie rayonnante. En l'apercevant, elle courut vers lui, et le pressa longtemps contre sa poitrine avec des pleurs de joie.

Ralph, en passant près de la porte, fut bien surpris d'entendre un mélange de cris et de sanglots, d'exclamations joyeuses, pleines de bonheur, de folie et d'ivresse. C'est que lord Felton n'avait plus rien à désirer sur la terre, il se voyait au comble de ses vœux !

Pendant que toutes ces choses se passaient dans le château, sir Frédéric se promenait dans une allée sombre du parc avec miss Nelly, qui

sentait le bras amoureux de Cléland s'arrondir
avec mollesse autour de ses reins souples : elle
s'appuyait langoureusement et laissait tomber
sa tête sur l'épaule de Frédéric, qui de fois à
autre se penchait sur le front de la jeune fille,
et le mouillait d'un ardent baiser.

Enfin, miss Nelly était heureuse : elle voyait
le jeune et beau Cléland aussi passionné, aussi
plein de flamme que dans ce jour où, pour la
première fois, elle s'était donnée à lui.

Sir Frédéric, dont la voix n'avait jamais été
plus tendre, les regards plus chargés d'amour,
lui disait avec un charmant sourire qu'elle était
jolie, et blanche, et vaporeuse, comme une de
ces fées qu'on rencontrait jadis le soir au bord
des fontaines, et qu'on ne trouve plus aujour-
d'hui que dans les merveilleuses créations de
Walter Scott.

Miss Nelly, qui n'avait pas la moindre expérience du monde, s'enivrait au parfum de ces douces paroles; elle se croyait éperdument aimée, et ne voyait pas le serpent sous les fleurs.

— Oh! n'est-ce pas que tu m'aimes? cher Frédéric, disait-elle en plongeant ses regards humides dans les yeux bleus du beau jeune homme; oh! n'est-ce pas que tu m'aimeras toujours?

— Oui, toujours, bonne et adorable! tant que vous serez jeune et belle, c'est-à-dire toujours! Non, en vérité, mon ange, tu n'es pas faite pour rester ensevelie dans cette contrée maussade! c'est un sacrilége d'enfouir ce trésor qu'on nomme la beauté! Oh! laisse-moi faire, tu seras heureuse, tu seras heureuse!

— Mais, ne le suis-je pas, Frédéric? Si tu

savais tout ce qu'il y a de félicité dans mon cœur ! Oh ! que tu es bon de m'avoir aimée ! Sans toi, cher ange, je serais déjà morte ; car, vois-tu, avant de te connaître, la tristesse et l'ennui, un horrible ennui me pressait le cœur et me tuait !

— Et je te jure, Nelly, que j'éprouvais ab-solument la même chose ! répondit Frédéric avec un sourire que, par bonheur, la jeune fille ne remarqua point. Vraiment, j'avais le cœur d'un vide horrible ! tout me fatiguait, tout m'inspirait un profond dégoût, qui proba-blement m'aurait conduit un beau jour au fond de la Tamise !...

Nelly jeta un cri de frayeur.

— Allons, rassure-toi, chère belle ! tu sais bien que la Tamise est assez loin de nous ; et

d'ailleurs, foi de gentilhomme, je n'ai plus la
moindre envie de me noyer. Croirais-tu que
maintenant je tiens à la vie d'une manière scan-
daleuse ?... Voilà pourtant ce que c'est que l'a-
mour ! Il fait de nous des poltrons ! Oui, Nelly,
autrefois j'aurais joué ma vie à pile ou face !...
et tu m'as plongé dans un tel océan de délices,
qu'à présent j'ai toujours peur de mourir !

Un changement bizarre et inexplicable s'était
produit tout à coup dans l'accent, les paroles et
les manières de Frédéric ; son langage avait
perdu brusquement ce vernis doux et poétique
dont mis Nelly raffolait ; et maintenant, tout ce
qu'il disait, quoique tendre, flatteur et passionné, semblait avoir, par moment, quelque
chose d'exagéré et de sardonique, que la trop
simple Nelly ne pouvait comprendre, et qu'elle
n'aimait pas autant que les phrases mélancoliques et romanesques.

Cléland réfléchissait parfois sans doute, comme Méphistophélès, qu'il était passablement absurde, lui Satan, de perdre ainsi de longues heures à filer le parfait amour.

— Mais, dis-moi, cher Frédéric, reprit la jeune fille avec un tremblement dans la voix; que faisons-nous dans ce château? Emmène-moi tout de suite à Londres, à Paris, n'importe, où tu voudras!... Je ne veux plus rester ici, je ne veux plus te quitter un instant! Je t'en conjure, partons demain!...

— A quoi penses-tu, jolie folle? Comment! tu veux que je t'enlève? mais que dirait-on, grand Dieu! tu serais une femme perdue! Tu ne sais donc pas que je t'aime, et que ta réputation m'est plus précieuse que la vie?

— Mais je serai ta femme? continua-t-elle avec une inflexion craintive; tu m'épouseras?...

I.   14

— Certainement! dit Frédéric ; je te donne
ma parole d'honneur que c'est le plus ardent
de tous mes vœux ; mais il faut de la prudence !...
ce mariage ne peut se faire maintenant ! Tu sens
bien que mon oncle n'y voudrait pas consentir : il
a des préjugés aristocratiques, de vieilles idées de
l'autre monde, que je dois ménager encore, si
je ne veux pas être un beau jour déshérité ! Oui
sans doute, mon ange, je veux que tu sois ma
femme !... mais en même temps, je veux que
tu sois riche, noble, je veux que tu sois comtesse de Trévor !

— Mais c'est impossible ! balbutia Nelly, dont
le cœur bondissait avec force ; cher ami, c'est
impossible !... Tu m'aimes, hélas ! et tu ne songes pas que sir Frédéric ne peut jamais être
comte de Trévor, puisque lady Felton....

— Je le serai, je le serai !... interrompit vivement Frédéric, les dents serrées, les yeux pleins de flamme. Oh! je ne me laisserai pas sottement dépouiller! ce titre est à moi; ce château, Nelly, est celui de mes ancêtres, et je ne me laisserai pas voler mes droits, ma fortune et mon nom par un bâtard!

— Que veux-tu dire? s'écria Nelly avec épouvante.

— Je dis, ajouta Frédéric avec un accent de rage, je dis que lord Felton n'est pas le père de cet enfant, et je le prouverai!

— Oh ciel! mais que dis-tu, cher Frédéric! quelle idée affreuse! Milady est pure, incorruptible, c'est la vertu même!

— C'est le vice en personne! interrompit

Frédéric; ce voile de candeur n'est qu'un masque hypocrite! Écoute, Nelly, tu m'aimes?... il
faut que tu me serves!

— Oh! tout ce que tu voudras! dit-elle avec
une brûlante exaltation; parle, que veux-tu?

— Je veux, Nelly, que tu me jures, par tout
ce qu'il y a de plus sacré, par notre amour, que
tu feras demain ce que je vais te dire!... et cela,
Nelly, sans réflexion, aveuglément, sans m'interroger! Tu me le jures?...

— Oui, s'écria-t-elle, par notre amour!

— Eh bien! tu vas tout savoir!... Demain,
quand lady Felton sera endormie, il faut que
toi....

Mais il ne put ajouter une syllabe; il s'arrêta

soudain comme pétrifié : lady Felton venait d'apparaître au tournant d'une allée voisine ; elle se
trouvait en face d'eux.

XIII.

Nelly, épouvantée, quitta vivement le bras de Frédéric, et s'enfuit dans une petite allée transversale.

Cléland, qui n'était pas homme à se troubler

pour si peu de chose, s'avança galamment vers sa tante, et voulut lui prendre la main pour la baiser; mais cette fois lady Felton retira sa main avec froideur. Frédéric n'eut pas l'air de re- marquer l'expression sévère et glaciale qui ré- gnait dans les manières et la physionomie de sa tante.

— Oh, pardon ! chère et belle tante, dit-il en souriant, je vous demande une foule d'excu- ses!.. je vous dérange?.. Vous étiez là, sans doute, pensive et mélancolique, rêveuse comme Childe- Harold, et foulant sous vos pas les feuilles mor- tes que fait bruire le vent de l'automne?

— Non, Frédéric, je ne me livrais pas à de poétiques rêveries, dit-elle gravement; j'étais occupée de choses beaucoup plus terrestres, et malheureusement trop réelles....

— Eh ! bon Dieu, chère tante, de quel accent

vous me dites cela! Comme vous êtes triste! Est-
ce que par hasard vous auriez reçu quelques
mauvaises nouvelles de sir William Humbers?

Lady Felton regarda Frédéric avec étonnement.

— Non, répondit-elle après un instant de silence, je n'ai reçu aucune nouvelle qui puisse
m'affliger; mais je vous avouerai franchement
que je vois des choses que je ne puis souffrir...

— En vérité, belle tante? interrompit Frédéric d'un ton léger de badinage. Eh! qu'est-ce
donc?.. Peut-on vous le demander sans devenir
indiscret?

— Oui, Frédéric; vous allez le savoir : je serai franche avec vous!.. j'ai en horreur la dissimulation. Je commence par vous dire que j'ai
lieu de vous en vouloir.

— A moi! est-il possible? moi, qui vous suis dévoué corps et âme, et qui plongerais au fond de l'Océan pour vous aller chercher un coquillage, si vous le désiriez!

— Allons, trève à toutes ces charmantes plaisanteries! répliqua lady Felton avec une sévérité pleine de tristesse. Frédéric, je vous parle sérieusement : j'ai à me plaindre de vous.

— Mais au moins, chère tante...

— Je vois avec peine, continua lady Felton, que vous ne craignez pas de me déplaire! Vous savez tout l'intérêt que je porte à miss Nelly; elle serait ma sœur, que je ne l'aimerais pas davantage!... cependant, Frédéric, vous employez toute la magie de vos paroles, tous vos moyens de séduction pour troubler l'existence calme et pure de cette jeune fille !

— Moi, bon Dieu ! s'écria Frédéric jouant l'indignation de l'innocence faussement accusée. Oh ! quelle idée affreuse, injuste !

— Non , Frédéric , je ne suis pas injuste , et surtout j'ai des yeux... Ce n'est pas d'aujourd'hui que j'ai fait cette remarque ; il y a bien longtemps que j'aurais pu vous tenir le même langage ! J'espérais que Nelly se rendrait à mes conseils , j'espérais d'ailleurs que vous n'oublieriez jamais que cette jeune fille est sous ma protection, sous ma sauvegarde? A présent, Frédéric, je vois avec douleur que je me suis trompée. Miss Nelly est une pauvre enfant sans expérience, qui prête l'oreille à toutes les insidieuses flatteries d'une bouche accoutumée à dire ce que le cœur ne pense pas ! Il est temps encore d'éclairer sa crédule innocence, et je vous prie en grâce, oh ! très-sérieusement, de ne rien faire qui puisse contrarier mes ef-

forts pour la ramener dans la bonne voie. Il me
semble qu'un jeune et beau gentilhomme, qu'un
merveilleux dandy comme sir Frédéric, a bien assez de brillantes conquêtes à faire dans le grand
monde, sans vouloir encore triompher d'une
pauvre jeune fille élevée simplement au fond
d'une province, et dont le cœur naïf est presque
sans défense! Vous conviendrez que de pareilles
victoires seraient assez peu glorieuses, qu'elles
n'ajouteraient absolument rien aux lauriers de
Lovelace, à la fameuse liste du beau don Juan !

Sir Frédéric se mordit les lèvres avec un dépit concentré.

— C'est vrai, délicieuse tante ! reprit-il avec
un air d'enjouement forcé ; ce que vous dites
est parfaitement juste : la conquête serait fort
médiocre, et je n'aime pas les triomphes sans
péril et sans gloire! Quand on a rêvé le bon-

heur avec une impératrice, on a très-peu de goût pour les bergères; et vous devez savoir, milady, que mon amour est en général de fort bonne maison, passablement aristocratique, très-peu bourgeois, et d'une ambition qui s'élancerait jusqu'au trône d'Angleterre, comme pourrait le dire au besoin la tendre et sensible reine Caroline!...

L'accent dont Frédéric prononça la dernière phrase, et surtout le nom de la reine, avait quelque chose de mystérieux et d'infernal accompagné d'un sourire plein de fatuité.

Lady Felton, saisie d'indignation, fut au moment de lui jeter à la face quelque réponse amère et flétrissante; le nom du courrier Bergami vint à ses lèvres, mais il n'en sortit point : femme, elle plaignait le malheur d'une femme outragée et victime de la calomnie peut-être,

elle plaignait une reine entourée de complots, et
sans doute précipitée dans un piége infâme
qu'on avait tendu sous ses pas. Elle eut donc
l'air de ne pas comprendre l'allusion cruelle et
insolente de sir Frédéric.

— Cléland, dit-elle, je vous répète que je
parle sérieusement : vous me répondez avec un
ton de badinage qui n'est pas de saison ! Je vous
ai dit ce que j'avais sur le cœur !... croyez que je
me suis fait violence ; n'oubliez pas que j'aime
miss Nelly, et que le séducteur de cette enfant
serait pour moi un objet de haine et de mépris.
C'est la dernière fois, j'espère, que j'aurai à
vous parler d'elle !... Maintenant, Frédéric,
changeons d'entretien et redevenons bons amis.

Et lady Felton, avec un sourire doux et gracieux, tendit la main à Cléland.

— Toujours bonne, toujours belle, indul-

gente et divine ! s'écria Frédéric en pressant
contre ses lèvres la main charmante de lady
Felton ; puis, déployant tous les trésors de sa
conversation vive et galante, il raconta fort
spirituellement mille jolies anecdotes, qu'il
saupoudrait de mensonges, de médisances et
de sarcasmes, où les plus nobles familles d'Angleterre n'étaient pas épargnées.

— Que vous êtes méchant, Frédéric ! interrompit lady Felton avec un sourire qui n'avait
plus de rancune. Allons, taisez-vous ; gardez
toutes vos belles histoires pour les clubs et les
soirées de Londres : vous savez que je n'aime
pas le scandale. Mais venez, l'air commence à
fraîchir, je retourne au château.

Cléland demanda à sa tante la permission de
l'accompagner : il la reconduisit jusqu'au per-

ron de marbre qui menait à l'appartement de
la comtesse. Ce perron, qui pouvait avoir une
douzaine de marches, donnait sur une grande
allée de sapins d'Écosse, au bout de laquelle
on apercevait la mer qui s'enfuyait dans un
vague lointain. La chambre qui s'ouvrait sur
le balcon était pleine de fleurs rares et d'arbus-
tes qui répandaient un parfum suave et délicieux. Souvent lady Felton venait passer une
heure au milieu de cette atmosphère embau-
mée : c'est là qu'elle aimait à lire ses poëtes
favoris ; alors elle trouvait plus d'harmonie au
vers, plus de charme à la pensée, à l'expression
poétique. Cette pièce communiquait, par un escalier tournant, à une espèce de boudoir meublé
avec une recherche merveilleuse, dans le goût de
Louis XIV : la chambre à coucher de la comtesse était contiguë à ce boudoir, dont les fenêtres regardaient l'allée de sapins. L'appartement de lord Felton se trouvait assez éloigné

de la chambre à coucher de sa femme ; plusieurs salons très-vastes les séparaient.

A peine lady Felton eut-elle quitté Frédéric,
que celui-ci, changeant tout à coup d'expression de visage, monta rapidement l'escalier
qui menait aux combles du château, et, tournant la tête avec inquiétude pour voir si personne ne l'observait, il frappa mystérieusement
à la porte de Job Griffith : aucun bruit, aucun mouvement ne se fit dans la chambre, et
Frédéric, impatienté d'attendre, frappait d'une
manière plus impérative, lorsqu'il entendit une
voix rauque et catarrheuse qui demandait, avec
un tremblement de colère, le nom de l'impor-
tun visiteur.

— Eh ! c'est moi, vieil Israélite de tous les
diables ! répondit Frédéric avec emportement.
Ouvre, imbécile, ouvre donc...

I.   15

La porte s'entr'ouvrit peu à peu, et par l'entre-bâillement apparut la mine blême de Job Griffith.

— Pardon, votre honneur! bégaya-t-il avec un hideux sourire qui découvrit ses gencives rouges comme du sang; vous savez bien qu'il faut de la prudence, et que je n'ouvre pas à tout le monde!...

— Mais, vieux cormoran, je ne suis pas tout le monde, moi! Je t'en préviens, une autre fois ne me laisse pas moisir à ta porte; il est inutile qu'on sache dans cette maison que je suis en affaires avec toi.

— C'est parfaitement inutile, marmotta le juif en poussant le verrou de la porte quand le jeune homme fut entré; mais une autre fois, pour ne pas attendre, rappelez-vous la consigne: ne frappez pas, et grattez avec le manche de

votre canif. Ah! dam, voyez-vous, c'est que la
besogne chauffe! ça marche... et je suis obligé
de me barricader comme dans une place forte,
car tous ces palefreniers, ces valets de chiens,
toute cette vermine en livrée rôde continuellement dans mon corridor, et vient regarder par
les fentes de ma porte; heureusement que je les ai
bouchées toutes avec du mastic. Mais voilà-t-il
pas maintenant qu'ils s'avisent de lorgner par le
trou de ma serrure!... même que j'ai vu ce matin briller un œil qui flambait comme une escar-
boucle! C'est bon! Je n'ai fait semblant de rien,
j'ai pris une longue et belle aiguille, et je l'ai
poussée dans le trou de la serrure... mais l'œil
était parti!... C'était bien certainement l'œil du
diable! chose qui est assez commune dans les
vieux châteaux...

— Allons, tais-toi, maudit bavard! interrompit Cléland, et montre-moi ton chef-d'œuvre.

Job le conduisit vers une table encombrée de plumes, de papiers, de cires et de canifs : une joie étrange et satanique flamboyait dans ses petits yeux louches ; il ricanait dans le fond de sa gorge avec un air de satisfaction maligne et vaniteuse.

Cléland examina quelques minutes, avec une attention scrupuleuse, le travail de Job Griffith ; il fronça les sourcils, et sembla profondément réfléchir; puis, comme frappé d'une idée subite, il tira vivement sa montre, regarda l'heure, et laissa échapper un blasphème.

— J'arriverai trop tard ! s'écria-t-il ; allons, dépêche-toi, plie, cachète ce papier... C'est bien ! je suis content.

Et, descendant l'escalier avec précipitation,

il appela son domestique, fit seller un cheval à l'instant même, et partit au grand galop sans être accompagné de personne.

XIV.

La maison du colonel Humbers se trouvait à
quelques milles du château de lord Felton ;
l'intervalle qui les séparait , plein de bois , de
rochers et de précipices, offrait par moments des
sites remarquables , d'un caractère sauvage et

terrible : le poëte et le peintre auraient pu sans
doute y rencontrer de merveilleuses inspira-
tions , mais peut-être aussi des visages ténébreux et sinistres, qui sont beaucoup plus agréables à voir dans un tableau qu'en réalité dans
un paysage morne et solitaire. Il n'était pas rare
que les contrebandiers et les voleurs se cachas-
sent la nuit dans ces ravins sombres , pour
guetter les voyageurs et leur tirer au passage un
coup de pistolet ou de carabine ; et quand les
misérables voyaient leur victime tomber , ils
l'achevaient à coups de crosse , la dépouillaient
de son or et de ses vêtements, et jetaient le cadavre nu dans quelque précipice où l'on pouvait,
un ou deux mois après, le découvrir au vol
tournoyant des vautours et des oiseaux de mer
qui s'abattaient sur le corps mort et le déchi-
raient par lambeaux.

Plusieurs fois le colonel Humbers , en reve-

nant, le soir, du château de lord Felton, avait vu
son cheval se cabrer tout à coup dans le fond
d'un ravin, et presque en même temps il avait
entendu siffler une balle à ses oreilles : une fois
même un homme au visage effroyable avait ar-
rêté par la bride le cheval de sir William ; mais
celui-ci , ferme et plein de bravoure , saisissant
un pistolet dans les fontes de sa selle, avait
brisé la tête au bandit. Depuis ce jour - là sir
William n'avait plus rencontré de malfaiteurs :
ils connaissaient maintenant son courage, et
n'avaient plus sans doute envie de le mettre à
l'épreuve.

La brume du soir commençait à s'étendre
lorsque Frédéric était sorti du château ; penché
sur le cou de son cheval , il lui donnait toutes
les rênes, et lui déchirait les flancs à coups d'é-
perons quand le galop semblait un moment se
ralentir. Frédéric apercevait déjà au loin la

maison du colonel Humbers, dont les murailles blanches, frappées obliquement par un dernier rayon du soleil, se dessinaient sur le couchant noirâtre et chargé de vapeurs. Toutes les fenêtres étaient fermées, les contrevents fermés, les portes closes; et tout, dans cette demeure, annonçait l'absence du maître.

Le cavalier, en passant au grand galop à quelque distance de la grille principale, entendit soudain les aboiements inquiets des chiens de garde; il continua rapidement sa route en suivant une longue muraille, au bout de laquelle se trouvait un pavillon recouvert en chaume. Il s'approcha d'une croisée, et, sans descendre de cheval, il frappa légèrement une vitre : la fenêtre s'ouvrit, et presque aussitôt une grosse figure toute rubiconde se montra la pipe à la bouche. Ce personnage, dont la tête seule paraissait à la fenêtre, était monté sans doute sur

quelque meuble pour s'exhausser : il salua très-
respectueusement sir Frédéric, et retira bien
vite la pipe de ses lèvres, en demandant mille
excuses au gentilhomme.

— C'est bien ! dit Cléland, tu es à ton poste !
Tiens, prends cette lettre : tu sais ton rôle ? Pas
d'oubli, pas de maladresse, ou gare à toi !

— Soyez tranquille, monseigneur, nous
avons l'habitude du service...

— Très-bien ! dit Frédéric : et notre colonel,
qu'en as-tu fait ?

— Ah, ah, ah, ah ! dit la grosse figure rouge
en éclatant de rire ; il trépigne d'impatience en
attendant quelque nouveau poulet ! Le plus drôle
de l'affaire, c'est qu'il a forgé les raisons les
plus saugrenues du monde pour m'expliquer
son retour en Angleterre, et me faire croire
qu'il a de grands motifs politiques pour se ca-

cher dans la hutte d'un paysan. Vous sentez bien
que je n'avais pas envie de le contredire ! Par
bonheur, il me croit plus bête que je ne suis, et
le brave homme s'imagine que je ne vois que
du feu à toutes ces manigances, à toutes ces allées et venues de lettres mystérieuses qui passent
continuellement par mes mains !

— Eh bien ! ajouta Frédéric, aie toujours l'esprit d'être aussi bête ! Tu sais nos conventions,
tu sais comment je paie un service !.... Mais,
adieu, ne perds pas de temps ; va tout de suite
porter ce message à ton maître. A combien est-
elle d'ici, la chaumière qu'il habite?

— Oh ! monseigneur, tout au plus à un quart
de mille : dans sept ou huit minutes, il aura
cela !

Cléland jeta une bourse au personnage enlu-

miné, et, donnant à son cheval un vigoureux
coup d'éperon, il partit comme une flèche, et
reprit la route du château.

Une demi-heure après, lorsqu'il rentra, la
première personne qui s'offrit à sa rencontre
dans le vestibule, ce fut miss Nelly qui, la figure
triste et les yeux rouges, essuyait encore avec
son mouchoir quelques larmes, et ne pouvait
retenir des sanglots.

Cléland s'empressa de lui demander, avec une
vive expression de tendresse, la cause d'une pareille douleur : mais Nelly, dont la poitrine était
gonflée de soupirs, ne put lui répondre que des
mots inarticulés qu'entrecoupaient de sourds
gémissements.

Cléland réitéra sa question d'une manière
plus pressante ; il supplia miss Nelly de ne lui

rien cacher, et d'avoir confiance en son meilleur ami.

— Ah ! si vous saviez ! murmura-t-elle en secouant la tête avec désespoir ; je suis esclave, je
suis esclave ! Milady ne veut pas que je vous
parle ; elle m'a grondée tout à l'heure avec une
sévérité !... Oh, mon Dieu ! comme elle m'a fait
rougir ! quelles paroles dures et terribles ! Si
elle pouvait savoir la vérité, je serais perdue !

— Elle ne peut rien savoir, dit Cléland d'une
voix caressante ; Nelly, rassure-toi, laisse dire
une femme qui a raison, peut-être, d'affecter le
rigorisme et la pruderie... Un jour viendra, qui
n'est pas trop loin, j'espère, où le masque tom-
bera du visage, alors on verra les choses comme
elles sont...

— Oh ! je la déteste maintenant, cette femme!

elle que j'aimais autant qu'une mère! Je la déteste puisqu'elle veut nous séparer, puisqu'elle
ne veut pas que je t'aime!... Mais à propos,
Frédéric, que voulais-tu me dire au fond du
parc, quand milady est arrivée brusquement?

— C'est une chose, Nelly, qui nous intéresse
l'un et l'autre, répondit Frédéric avec une intonation grave et solennelle; mais la confidence est longue à te faire!... d'ailleurs on pourrait nous interrompre ici, nous entendre. Il
faut que tu viennes cette nuit dans mon appartement, quand tout le monde sera endormi...
Tu pousseras la porte de ma chambre, que je
laisserai entr'ouverte...

— Mais si l'on me surprenait! dit la jeune
fille d'une voix altérée.

— C'est impossible, avec un peu d'adresse et

de précaution... D'ailleurs, continua Frédéric
avec une inflexion pleine de tendresse et d'a-
mour, ce n'est pas la première fois, mon ange!
et cette nuit, il faut absolument que tu viennes.

Le bruit d'une porte qui s'ouvrait dans une
chambre voisine fit battre le cœur de Nelly : elle
avait cru reconnaître le pas de sa maîtresse...
Alors, tremblant d'être une seconde fois surprise, et réprimandée plus sévèrement encore,
elle s'enfuit légère comme une ombre, en envoyant de la main quelques baisers à Frédéric.

XV.

Nelly couchait dans une pièce qui correspon-
dait à la chambre de sa maîtresse par une porte
de communication. Lady Felton avait l'habitude
de se mettre au lit d'assez bonne heure, et li-

I

sait quelques pages de Walter Scott avant de
s'endormir.

Vers minuit, quand tous les gens du château
furent couchés, miss Nelly s'enveloppa d'un
peignoir, et, marchant sur la pointe du pied,
elle appuya l'oreille contre la porte de sa maîtresse, pour bien s'assurer que lady Felton était
endormie : quand elle eut cette assurance, elle
entr'ouvrit, avec beaucoup de précaution, une
porte qui donnait sur un corridor, et, montant
l'escalier, sans lumière, à tâtons, elle se dirigea
sans faire le moindre bruit vers la chambre de
Cléland. Elle avançait au milieu des ténèbres en
retenant son haleine et les bras étendus; déjà
même elle apercevait dans l'ombre une espèce de
cadre lumineux que formait la porte entre-bâil-
lée, derrière laquelle se trouvait sans doute une
bougie. Elle approchait donc avec de forts battements de cœur, et ne croyait plus avoir que trois

ou quatre pas à faire, quand ses mains rencon-
trèrent dans l'obscurité quelque chose de rude
et de velu : elle ne put retenir un cri de frayeur
et recula soudainement!... Elle voulait fuir,
mais ses genoux ployèrent : la force l'abandonna... elle fut obligée de s'appuyer contre
la muraille du corridor.

L'être invisible et mystérieux que miss Nelly
avait heurté dans son chemin était sans doute
effrayé comme elle, et devait avoir quelque motif pour songer à la fuite, car il s'élança brusquement à travers les ténèbres du corridor ; et
quand la porte de sir Frédéric s'ouvrit toute
grande, Nelly était seule, presque morte de terreur.

Cléland courut à elle, l'enleva toute pâle dans
ses bras ; et lorsqu'il eut fermé sa porte en de-
dans à double tour, il jeta de l'eau fraîche au

visage de Nelly, et lui demanda, d'un accent doux et tendre, la cause de son épouvante.

Miss Nelly, toute frémissante encore, ne put donner aucun détail, aucune explication : elle dit seulement qu'elle avait cru sentir les crins d'un animal ; et sir Frédéric, devinant bien quelle était cette espèce de loup-garou, ce monstre fantastique, fit tout son possible pour calmer la frayeur de Nelly, et lui avoua que ce fantôme nocturne et velu n'était pas autre chose que la perruque de Job Griffith, qui avait l'habitude de rôder la nuit dans les corridors comme un chat sur les gouttières. Mais vous pouvez être tranquille, ajoutait Frédéric en souriant, ce monstre-là est discret comme la tombe, quand il s'agit de mes affaires ; et le grand seigneur n'a pas de muet plus muet dans son sérail.

Bientôt miss Nelly fut rassurée complétement,

et les heures de la nuit s'écoulèrent si délicieu-
ses pour elle, qu'à l'exemple de Jupiter chez
Alcmène, elle eût bien voulu pouvoir retarder
le char de l'aurore et prolonger le règne des
ténèbres.

Quand miss Nelly quitta l'appartement de
Frédéric, elle était maîtresse d'un terrible secret : une joie maligne et cruelle s'élevait dans
son âme ; elle n'était donc pas la seule femme
coupable !... une autre, qu'elle avait crue chaste
et vertueuse, était plus criminelle encore dans
son hypocrisie, dans sa candeur menteuse et
fausse ! Elle aussi maintenant pouvait faire baisser les yeux à lady Felton, se venger d'elle !...
Bien qu'elle eût des remords, et que d'avance elle
s'accusât d'ingratitude et de noirceur, elle avait
promis à Frédéric de le servir dans son projet,
et de faire aveuglément tout ce qu'il pourrait
lui commander.

Le lendemain, miss Nelly sembla vouloir éviter la rencontre de Cléland ; elle resta presque toute la journée dans sa chambre, un livre d'histoire à la main , bien qu'elle n'eût pas la moindre envie de lire, et que le volume demeurât sans cesse ouvert à la même page. Mais elle était pensive et profondément préoccupée : une crainte vague et indéfinissable l'agitait secrètement quand elle songeait à la promesse qu'elle avait faite. Si quelque jour la ruse venait à se découvrir !... si lady Felton venait à s'éveiller... alors qui pourrait prévoir les suites d'une semblable audace , le dénoûment de ce terrible drame !... Il est vrai que sir Frédéric avait juré solennellement à Nelly que cette épreuve n'aurait pas de sanglantes conséquences, que tout se ferait sans bruit, sans éclat, et que lady Felton ne saurait jamais qu'on avait découvert sa liaison coupable avec sir William. Mais quand Nelly pensait au crime de sa maîtresse, elle ne

pouvait concevoir qu'une femme si pleine de
candeur eût noué cette mystérieuse intrigue
avec tant d'hypocrisie et d'adresse : alors elle
sentait naître un doute au fond de son cœur;
elle craignait que lady Felton ne fût injustement
soupçonnée et victime des apparences; alors
elle se repentait cruellement d'avoir promis à
Frédéric de le servir dans son entreprise. Elle
voulait se rétracter, mais l'idée seule de Cléland
furieux la glaçait d'épouvante; elle se trouvait
emprisonnée dans un cercle fatal dont elle ne
pouvait plus sortir !... D'ailleurs elle était folle
d'avoir encore de pareils doutes : elle avait eu la
preuve du crime, elle avait tenu dans ses
mains une lettre accablante pour lady Felton ;
et puis, elle devait croire ce que disait Frédéric :
il avait vu !... il était sûr de tout; et, pour se
bien convaincre qu'il n'était pas le jouet d'un
fantôme, d'une illusion, il voulait recourir à une
dernière épreuve, qui peut-être lui prouverait

son erreur et ferait éclater l'innocence de sa
tante.

Pendant que miss Nelly était plongée dans
toutes ces réflexions contradictoires, lady Felton se trouvait en proie à une anxiété cruelle :
depuis son lever, elle n'avait point quitté sa
chambre , et, la figure altérée, le cœur plein
d'angoisse et d'inquiétude , elle promenait partout des regards effarés ; elle fouillait convulsivement dans toutes les armoires, parmi les livres et les papiers épars sur les tables, dans les
tiroirs de chaque meuble, partout : elle semblait
chercher quelque chose, et, malgré ses longues
et minutieuses perquisitions , elle n'avait rien
trouvé encore.

Ce que lady Felton cherchait depuis le matin
avec tant de persévérance et d'ardeur, c'était la
dernière lettre de sir William Humbers, dans

laquelle ce malheureux jeune homme laissait pressentir sa résolution fatale. Cette lettre, que lady Felton n'avait pas détruite ainsi que les précédentes, et qu'elle voulait garder comme un douloureux souvenir de ce noble ami qu'elle avait cru mort pour elle, cette lettre qui pouvait tout révéler à lord Felton, avait disparu depuis la veille : Henriette l'avait mise, elle le croyait du moins, dans un portefeuille vert qu'elle fermait toujours à clef et laissait ordinairement sur une table.

Ce billet, où pouvait-il être ? où l'avait-elle égaré ?... la veille encore elle l'avait relu. Lady Felton se perdait en mille conjectures, en suppositions plus embarrassantes les unes que les autres : peut-être avait-elle caché ce papier dans un livre au moment où quelqu'un entrait dans sa chambre ; mais comment se rappeler le volume ? elle en feuilletait chaque jour un si grand

nombre pour en lire quelques pages!... Mais
cette lettre, si on l'avait dérobée, si un domestique l'avait trouvée par hasard, si elle tombait
dans les mains de son mari, alors combien de
malheurs en pouvaient résulter! Cet amour
coupable éclaterait aux yeux de lord Felton; et
la douce et fraternelle amitié, qui régnait depuis
si longtemps entre le comte et sir William
Humbers, allait s'éteindre et faire place à la
haine peut-être!...

Lady Felton ne savait quel parti prendre, que
résoudre : son agitation fébrile redoublait à
chaque instant, car d'une minute à l'autre ce
billet accusateur pouvait trahir un mystère que
personne encore ne soupçonnait, et bannir éter-
nellement de cette maison la paix et la félicité.
Enfin lady Felton, après avoir fait de vaines
recherches dans tout son appartement, parcourut les vestibules, les escaliers, les corridors,

puis elle descendit au jardin, visita les allées du
parc, les sentiers pleins de sable qu'elle avait
suivis la veille ; et maintes fois, abusée par une
trompeuse apparence, elle se pencha vers la
terre pour ramasser quelque chose de mince
et de blanchâtre qui voltigeait au vent ; mais ce
n'étaient que de larges feuilles de platane dessé-
chées, qui remuaient à chaque souffle de brise
et paraissaient d'un blanc jaunâtre sur le sol
noir et mouillé.

Lord Felton, dont le cœur débordait de joie,
n'aurait pas voulu quitter sa femme un seul
instant ; il l'entourait des plus douces caresses
et lui faisait en souriant mille questions pater-
nelles et tendres, où se peignait tout son bonheur et sa profonde sollicitude pour une femme
adorée, qu'il aimait plus encore maintenant
qu'il voyait en elle la mère de son enfant.

Mais Henriette, qui tremblait toujours que

les yeux de son mari ne vinssent à découvrir
une lettre dont ils auraient bien vite reconnu
l'écriture, Henriette paraissait triste, inquiète,
préoccupée; et lord Felton, qui ne pouvait
comprendre cette bizarre agitation, l'attribuait
tout naturellement au malaise qu'Henriette
éprouvait depuis qu'elle était enceinte.

Lady Felton, qui voulait absolument rester
seule pour se livrer à ses recherches, prétexta
un léger mal de tête occasionné par une nuit
sans sommeil, et dit qu'elle avait besoin de
prendre un peu de repos. Lord Felton s'empressa de la quitter; mais quel fut son étonnement, lorsqu'une heure après il aperçut d'une
fenêtre sa femme qui se dirigeait vers le parc
avec une singulière précipitation! Il la voyait
marcher d'un pas rapide, avec une espèce
d'égarement, puis tout à coup s'arrêter, se
pencher vers le sol, y ramasser quelque chose

qu'elle rejetait soudain avec une expression douloureuse. Il se hâta de descendre, et l'eut bientôt rejointe dans le parc.

Lady Felton retourna la tête en entendant marcher derrière elle, et la vue de son mari, qui venait à grands pas, la fit tressaillir.

— Mon Henriette, dit-il d'une voix douce et tremblante, que fais-tu donc ainsi? pourquoi te promener seule quand j'aurais tant de bonheur à t'accompagner? Est-ce que tu veux me fuir?...

— Moi! répondit-elle en souriant avec tristesse, moi te fuir, cher Édouard! oh! tu ne le penses pas!... Tu sais bien que je ne suis heureuse qu'auprès de toi, mon ami!

— Eh bien! pourquoi ne m'as-tu pas appelé? je serais descendu vite : songe que tu es souffrante et trop faible pour te promener seule.

D'ailleurs, je trouve que l'air est un peu froid :
la journée est superbe!... et cependant, vois-tu
ce brouillard qui s'élève de la mer? Je ne crois
pas, cher amour, qu'il soit prudent et sage dans
ton état...

. — Oh, qu'importe! interrompit Henriette
avec une aimable vivacité ; ne dirait-on pas que
je suis malade!... Non, tu sais bien que je ne
suis pas une petite maîtresse, et que j'aime
l'exercice, le grand air!...J'ai toujours un mal
de tête abominable, et c'est l'unique moyen de
le dissiper.

—A la bonne heure!... mais au moins, courageuse belle, appuie ton bras sur le mien; et
surtout, ne marche pas vite, ne cours pas, ne
te baisse pas comme tu le faisais tout à l'heure :
tout cela vraiment n'est pas raisonnable, et te
fait monter le sang à la tête.... Mais, dis-moi,

Henriette, que cherchais-tu donc?... Oui, tu semblais chercher quelque chose dans le sable des allées....

—Moi? dit-elle avec une expression pleine de trouble; non, je ne cherchais rien, absolument rien !...

— Mon Dieu, Henriette, comme ta voix tremble !... mais qu'as-tu donc? Au nom du Ciel, explique-toi !... qui t'agite ainsi ?... As-tu quelque chagrin? Allons ! parle....

La jeune femme ne répondait rien, et semblait en proie à une douloureuse agitation ! Son mari, qui la voyait silencieuse et tremblante, la regardait avec un mélange de surprise et de tendresse inquiète ; il ne pouvait concevoir d'où provenait une semblable tristesse dans le cœur de lady Felton, quand elle devait se réjouir, au contraire, quand l'avenir était pour eux si charmant, si plein d'agréables promesses.

Ils se promenèrent quelque temps encore, muets, rêveurs, absorbés chacun dans leurs pensées différentes : ils se dirigeaient silencieusement vers le château, et les regards de lord Felton, voilés d'un nuage de tristesse, se tournaient de fois à autre encore vers sa femme, comme pour l'interroger. Enfin, quand ils rentrèrent, Henriette avait pris une résolution courageuse : elle voulait tout dire à son mari, lui parler de cette lettre, lui avouer ce qu'elle contenait, et prévenir ainsi, par un aveu noble et sincère, les conséquences terribles et incalculables qu'aurait pu entraîner la découverte de ce billet.

XVI.

Dans une chaumière habitée par de pauvres
tourbiers, un homme, qui paraissait avoir
environ trente ans, grand, svelte, d'une belle et
noble figure, occupait une chambre dont l'a-
meublement délabré, la fenêtre disjointe, et la

I   17

porte mal close, devaient sembler très-peu con-
fortables à ce personnage. Son costume, simple
et sévère, sa redingote boutonnée jusqu'à la cravate, sa taille haute et cambrée, annonçaient un
militaire. Il se promenait de long en large dans
une pièce qu'une mince cloison de bois séparait
de la chambre commune, où logeait un bon
paysan avec sa grosse femme et deux enfants
joufflus.

Ces braves gens ne connaissaient point leur
hôte, et, moyennant une faible somme, ils
avaient consenti facilement à lui donner asile
dans leur pauvre demeure.

La chaumière était construite dans le creux
d'un vallon plein de rochers et de broussailles,
qui l'abritait contre le vent de mer. Rien de
plus solitaire et de plus morne que ce paysage :
il fallait au moins faire un bon quart de mille

avant d'apercevoir la moindre habitation, et
cette cabane était la seule qu'on trouvât à quelque distance du château de lord Felton. Dans
une petite cour humide et boueuse, au fond
d'une étable qui servait parfois d'écurie, on entendait les piaffements inquiets d'un cheval qui,
fatigué sans doute d'un long repos dans une si
mauvaise auberge, hennissait d'impatience et
faisait trembler la muraille sous les coups fréquents de ses pieds.

Rien qu'à l'entendre, on devinait que ce cheval n'était pas une malheureuse bête de somme
condamnée au labourage, mais un noble et fou=
gueux animal plein de vigueur et de sang, qui
demandait à franchir l'espace, et s'indignait
d'une honteuse oisiveté.

Le jour commençait à baisser, et le soleil, of-
fusqué de rouges vapeurs, s'enfonçait rapide-

ment à l'horizon : une brume épaisse planait sur
la mer comme une fumée, et l'on voyait à l'o-
rient la lune monter, pâle encore et indécise,
dans une atmosphère moins chargée de brouillards.

L'étranger marchait toujours à grands pas
d'un bout à l'autre de la chambre ; les bras croisés, le front pensif, il s'arrêtait quelquefois brusquement, et tirait avec vivacité de sa poche une
lettre qu'il approchait de ses lèvres, et couvrait
d'ardents baisers : alors une joie étrange, ineffable, rayonnait dans toute sa physionomie ; il
se laissait tomber sur une chaise, comme acca-
blé de son bonheur, et demeurait longtemps
immobile, le cœur bondissant, la bouche souriante, l'œil fixé avec amour sur l'écrit mystérieux qui tremblait dans sa main.

Mais tout à coup ce joyeux sourire n'était

plus qu'une amère et douloureuse contraction :
un nuage sombre et morne enveloppait son
front si plein de joie tout à l'heure, et de profonds soupirs s'échappaient de sa poitrine.

C'est qu'au fond du cœur de cet homme, il y
avait un orage, une lutte sourde et violente qui
remuait toutes ses passions : joie et douleur,
amour, épouvante, remords!.. Tout cela s'agitait
dans son âme, et se livrait un combat terrible.
Parfois on l'aurait vu frémir comme un coupable, se frapper la poitrine, et jeter des yeux fa-
rouches sur un poignard et des pistolets qui
étaient posés sur une table.

— Je suis un infâme ! s'écriait-il impétueusement; je suis un lâche, un faux ami ! Ah ! malheureux, n'aurai-je donc pas le courage de me
faire sauter le crâne !!

En même temps, il s'élançait vers la table

pour saisir une arme; mais soudain il reculait
avec horreur, et s'enfuyait au bout de la chambre, en mettant la main devant ses yeux, comme
pour ne plus voir ces instruments de mort.

— Quoi! reprenait-il d'une voix frissonnante,
insensé! je mourrais sans connaître le bonheur,
cette félicité suprême que je rêve depuis si longtemps!... Quoi! toutes ces nuits brûlantes et
pleines de larmes, ces jours plus affreux encore,
et cette continuelle pensée qui me ronge, toutes
ces tortures!... quand je peux les changer en
délices!... je n'aurais pas le courage de vivre,
d'attendre quelques heures encore!... A la porte
du ciel je reculerais!... quand je n'ai plus qu'un
pas à faire!... Oh, non... ce serait folie, ce serait
lâcheté! Allons, plus d'hésitation ridicule....
J'aime, je suis aimé : il faut que je sois heureux!...

Et sa marche recommençait plus vive et plus

rapide ; le nuage avait disparu de son front :
tout dans sa physionomie annonçait la joie et
l'ivresse. Alors il prenait sa montre, et secouait
la tête avec impatience, parce qu'il trouvait l'aiguille trop lente ; il regardait l'Occident, où
brillait encore à l'horizon comme un ruban de
feu, et, frappant du pied, il murmurait entre
ses dents avec colère :

— Que cette journée est longue ! elle ne fi-
nira donc point !...

Et tandis qu'il accusait l'heure trop pares-
seuse, les piaffements du cheval retentissaient
avec plus de force dans l'écurie, comme si
l'ardent coursier, comprenant son maître, en
eût partagé l'impatience et la colère.

Cependant lord Felton, assis près d'Henriette,
ne l'avait pas quittée un moment depuis leur

promenade au fond du parc. D'abord elle
avait persisté dans la résolution courageuse
qu'elle avait soudainement formée en rentrant au château ; elle voulait tout dire à son
mari : déjà même elle avait commencé le pénible
aveu, et le nom de sir William Humbers était
sorti plusieurs fois de sa bouche au milieu de
phrases étranges et incohérentes, dont lord Felton ne pouvait concevoir le but ni l'intention.
Elle parlait de sir William avec une expression
d'amertume qui démentait singulièrement la
manière bienveillante et louangeuse dont elle
avait parlé de lui peu de jours auparavant;
elle blâmait surtout son caractère bizarre et
romanesque, la folle exaltation qui régnait
toujours dans son langage comme dans ses
lettres; et puis elle parlait vaguement de lettre
perdue, de purs enfantillages auxquels il ne
fallait pas attacher la moindre importance.
Et lord Felton, que toutes ces paroles inex-

plicables commençaient à inquiéter, pensait
que la fatigue et le manque de sommeil avaient
pu jeter un peu de confusion dans l'esprit
d'Henriette : il la suppliait donc, en l'embrassant, de se mettre au lit, et de réparer sa las-
situde par une longue nuit de repos.

Le jour était fort avancé, un faible crépus-
cule pénétrait seul encore dans l'appartement
de la comtesse qui, souffrante et préoccupée,
ne voulut point descendre avec lord Felton pour
se mettre à table. Elle n'éprouvait pas le
moindre appétit; une espèce de fièvre la dévorait; sa tête était lourde et douloureuse : elle
appela Nelly, et se coucha presqu'aussitôt après
avoir bu comme à l'ordinaire une tasse de lait.
Mais, ne voulant pas s'endormir avec les idées
sombres qui l'assiégeaient depuis le matin, elle
essaya, pour se distraire, de lire quelques pages
d'un nouveau poëme de lord Byron. Elle venait

de tourner à peine le second feuillet, que ses
paupières devinrent pesantes comme du plomb ;
elle ne put continuer.

— Nelly ! dit-elle avec un léger bâillement,
je t'en prie, ma chère petite, lis-moi tout haut
quelques pages ; les yeux me font un mal !.....

Nelly s'empressa d'obéir, et lut avec beaucoup
de chaleur et d'expression le commencement du
poëme ; mais elle n'était pas arrivée au tiers du
premier chant, qu'elle interrompit tout à coup
sa lecture : lady Felton était plongée dans un
profond sommeil.

Et pourtant que de fois Henriette avait passé
des nuits entières à s'enivrer de cette belle et
ardente poésie, qui sans cesse lui arrachait des
cris de bonheur et d'admiration ! Jamais encore
le sommeil ne l'avait surprise au milieu de ces

brûlantes lectures : il fallait qu'une étrange fatigue, une cause mystérieuse , inexplicable , eût
engourdi sa pensée toujours si active , et fermé
ses yeux malgré elle.

Miss Nelly demeura quelque temps encore
au chevet de sa maîtresse endormie ; puis ,
fermant le volume, elle se leva de sa chaise avec
précaution, elle éteignit la lampe, et se retira
sur la pointe du pied.

XVII.

Lord Felton avait l'habitude de dîner fort tard : neuf heures venaient de sonner quand il se leva de table avec sir Frédéric. Celui-ci avait paru triste et soucieux pendant toute la

durée du repas ; il mangeait à peine , et quand
son oncle lui demandait la cause de cette morne
préoccupation , Frédéric secouait la tête sans
répondre, et le regardait avec une expression
de tendresse douloureuse.

— Mais c'est inconcevable ! dit lord Felton
en croisant les bras d'un air de surprise ; tout
le monde est triste aujourd'hui dans la maison !
je n'entends que des soupirs , je ne vois que des
larmes ! moi seul, je suis d'une gaieté folle !...
Allons ! je vous en prie , mon cher neveu , dites-moi ce que vous avez ?... pas de mystère ! Je
vous ferai, moi aussi, tout à l'heure , une confidence à laquelle vous ne songez guère , j'en
suis bien sûr...

Cléland secoua la tête en laissant échapper
un profond soupir, et prenant la main de son
oncle, il la serra dans les siennes avec attendrissement.

— Oh! mais en vérité, je m'y perds! s'écria
lord Felton; c'est une gageure!... on pleure autour de moi parce que je ris... Allons! mon bon,
mon cher Frédéric, consolez-vous! Que diantre!
un peu de courage, un peu de philosophie!...
Vous n'êtes pas, d'ailleurs, si à plaindre!...
quand on est jeune et bien portant comme vous,
aimé des belles!... sur ma parole, on a grand
tort de se désoler comme Héraclite!... Ah!
mon cher ami, je vous devine : vous pensez, je
gage, à cette fée adorable et charmante qui
vous rendra le plus heureux des pères de famille et des époux?... Parbleu! vous avez raison, je voudrais que déjà la chose fût terminée!
Vous avez bien fait de vous réconcilier avec
le mariage!

— Je ne me marierai jamais!... répondit
sourdement Frédéric en fronçant les sourcils.

— Bon ! vous avez déjà changé d'avis ?... s'é-
cria lord Felton. Ah ! mon pauvre neveu , décidément, vous êtes incorrigible... Et comment
se fait-il, je vous prie, qu'en si peu de jours
vous passiez du blanc au noir et du mariage au
célibat avec cette merveilleuse facilité ?

— Alors, mon oncle, répondit Cléland avec
un soupir, je ne savais pas ce que je sais, je
n'avais pas vu ce que j'ai vu !...

— Bon Dieu ! quel air tragique ! repartit
lord Felton en prenant le bras de son neveu , et
descendant avec lui les marches du perron qui
menait au jardin. Mais, allons ! que voulez-vous
dire ? vous me parlez en hiéroglyphes, en véri-
tables énigmes , et je ne suis pas un OEdipe !...

Frédéric ne fit aucune réponse.

— Eh bien, soit ! puisque vous tenez à rester

indéchiffrable, mon ami, puisque vous ne voulez pas desserrer les dents, c'est moi qui vous
dirai quelque chose... Oh ! mais c'est un secret,
mon ami ! un secret qui nous intéresse tous les
deux ! Quand je vous aurai fait part du mystère,
vous me récompenserez, n'est-ce pas ?... Une
confidence en vaut une autre.

Et lord Felton s'appuyait plus affectueusement
sur le bras de son neveu : ils se trouvaient alors
sur une belle terrasse plantée de grands arbres,
au bas de laquelle les vagues, blanches d'é-
cume, venaient se briser en mugissant à travers
les nombreux écueils qui hérissaient une partie de la côte.

Le brouillard, qui enveloppait toute l'atmosphère quelques heures auparavant, commençait à s'évanouir, et les rayons de la lune
faisaient resplendir le golfe comme une lame

d'argent : les ombres d'un haut promontoire, qui bornait un côté de l'horizon, jetaient sur une partie du golfe une teinte sombre et vigoureuse qui servait de cadre à cette immense nappe d'eau éblouissante.

— Cher Cléland, dit le comte avec exaltation, regardez le ciel, comme il rayonne! Maintenant la nature est plus magnifique à mes yeux! tout m'enchante : ces flots superbes, cette brise délicieuse!... je sens mon cœur bondir joyeusement au fond de ma poitrine! Oh! Frédéric, c'est d'aujourd'hui seulement que je connais le bonheur!

— Quant à moi, dit sourdement Frédéric, je suis bien loin de partager vos transports d'allégresse, milord! Au contraire, j'ai dans l'âme un fardeau qui m'écrase!...

— Comment, Frédéric? votre langage devient

de plus en plus sombre... pourquoi ces longs soupirs? Allons! je vous en conjure, dites-moi ce que vous avez...

— Milord, je suis triste !... répondit gravement Frédéric.

— Pardieu ! je le vois bien ! ajouta lord Felton. Mais je ne comprends pas du tout votre tristesse ; vous qui êtes toujours si gai !... Vous n'avez pourtant pas le spleen ? Depuis hier, qui peut avoir produit en vous une semblable métamorphose ?...

— Mon oncle ! poursuivit douloureusement Frédéric en lui prenant les mains avec tendresse, j'ai la mort au fond de l'âme !...

— Quel homme étrange ! dit lord Felton qui ne put se défendre d'une émotion involon-

taire. Allons ! mon ami, déridez-vous un peu ;
faites comme moi... Je suis bien sûr que vous
partagerez mon bonheur, car vous m'aimez,
n'est-ce pas ?

— Si je vous aime !... s'écria chaleureusement Frédéric, vous mon bienfaiteur, vous
mon père !...

— Et je veux toujours l'être ! répondit lord
Felton avec attendrissement ; oui, vous serez
toujours mon fils, mon bon, mon cher Frédéric !... Mais vous ne savez pas !... je suis le plus
heureux des hommes ! je suis au comble de
mes vœux ! le Ciel enfin m'exauce !... Ma
femme...

— Je le savais, milord, interrompit Frédéric
d'un air sombre, en laissant tomber sa tête sur
sa poitrine.

Lord Felton ne put retenir un geste de surprise.

— Mais c'est impossible !... il y a deux jours,
Frédéric, j'ignorais encore...

— Je savais tout, moi !...

Et tous deux ils marchèrent quelque temps
l'un à côté de l'autre, silencieux, rêveurs.

— Oui, pensait lord Felton avec une douloureuse amertume, je l'ai frappé d'un coup de
poignard, je le vois !... l'intérêt ! l'intérêt !...
Ah, malheureux ! toujours l'égoïsme au fond
du cœur des hommes !.... Mon bonheur est sa
ruine et le désole !

Ils continuaient à marcher sans dire une
parole.

— Écoutez ! Frédéric, reprit lord Felton

d'une voix émue, je n'oublierai jamais que
vous êtes le fils de mon frère et que jusqu'à présent je vous ai toujours considéré comme mon
propre fils !... Je ne veux pas que mon bonheur vous soit préjudiciable !... vous n'êtes pas
riche... votre nom, vos goûts, votre position
dans le monde, vous rendent la fortune nécessaire; et le mince patrimoine que vous avez recueilli ne pourrait vous suffire, quand bien
même il ne serait pas absorbé depuis longtemps
par vos dépenses. Vous connaissez le magnifique château que je possède à quelque distance
d'Oxford ? mon ami, je vous le donne, vous
l'aurez après moi.

— O mon oncle ! s'écria Frédéric en le serrant dans ses bras avec effusion, mon digne et
généreux protecteur !...

— Je suis heureux !... Frédéric, vous devez
l'être aussi !...

—Vous m'accablez de bienfaits!... reprit
Cléland d'une voix douloureusement vibrante;
oh, merci! merci, du fond de l'âme!... Mais je
n'accepte pas, milord!... non, je ne puis accepter!...

— Vous perdez la raison, Frédéric!

— Je vous apporterais en échange le désespoir!...

Et Frédéric penchait la tête d'un air morne,
avec de profonds soupirs.

—Frédéric, dit lord Felton avec surprise,
vous avez donc juré de ne pas vous laisser comprendre aujourd'hui? Vous ai-je bien entendu?
quoi! vous refusez?... Frédéric, est-ce par
orgueil?... ou par une fausse délicatesse, qui
de vous à moi serait ridicule?... Ce que je vous

offre, mon ami, croyez-moi bien, c'est du meilleur de mon âme!...

Cléland releva la tête et regarda son oncle d'un air attendri ; puis, sans dire une parole, il se jeta vivement dans les bras de lord Felton et parut sangloter. Des mots confus s'échappaient de ses lèvres ; une agitation convulsive bouleversait toute sa physionomie ; il semblait en proie à d'orageuses pensées, à des sentiments contradictoires qui luttaient dans son cœur avec une effroyable violence.

Lord Felton remarquait avec un pénible étonnement l'altération profonde que venaient de subir les traits et la voix de son neveu ; il commençait à craindre sérieusement que Frédéric n'eût plus sa raison.

— Milord, dit Cléland avec un air de résolution désespérée, vous allez me trouver bien cruel!... je vais porter la mort dans votre cœur, mais il le faut... il faut que je parle! mon devoir me l'ordonne... Oh! que c'est affreux à dire!...

— Expliquez-vous...

— Il le faut donc, grand Dieu!... continua sourdement Frédéric; je ne puis me taire... Milord, il s'agit de votre honneur!...

— Comme sa voix tremble!... murmura lord Felton, comme il est pâle!... Frédéric! au nom du ciel! que veut dire tout ceci?... Parlez, je vous l'ordonne...

— Milord, dit Frédéric avec force, on abuse indignement de votre généreuse amitié, de votre noble confiance! On vous trompe!...

— Qu'est-ce à dire?... interrompit lord Felton impétueusement.

— On vous trompe , milord !... Une femme
est vertueuse et pure... il faut qu'un méchant la
corrompe !... sir William !...

Et Frédéric s'arrêta brusquement, comme
s'il n'en pouvait dire davantage.

—Achève... s'écria lord Felton tout pâle ,
les yeux étincelants.

—Mon oncle , sir William Humbers est revenu secrètement ici...

— Il est revenu ! répéta lord Felton en tres-
saillant. Non, c'est impossible , il me l'aurait
écrit !... Vous êtes dans l'erreur !... Il m'aurait
informé de son retour !...

— Vous croyez, milord?...

— J'en ai la certitude ! ajouta vivement lord Felton. Je vous dis que sir William est encore en Irlande, que vous êtes dans l'erreur... Mais en vérité, je ne vous comprends pas... vous me dites cela d'une manière toute mystérieuse! Quand il serait ici, d'ailleurs, que m'importe?...

— Que vous importe, milord !... repartit Frédéric avec une inflexion pleine d'amertume et de souffrance ; que vous importe !... C'est un misérable !... c'est un infâme !... il a déshonoré tout le sang des Felton !...

— Qu'oses-tu dire?...

— Je dis, continua plus chaleureusement Frédéric, je dis que c'est un lâche! un scélé-

rat !... un monstre de bassesse et d'hypocrisie !...
Il vous a trahi, l'infâme !... il a suborné, sé-
duit et couvert d'opprobre la plus chaste des
femmes ! Milord, votre épouse n'est plus digne
de vous !

— Que dis-tu, malheureux !... s'écria lord
Felton d'une voix terrible, en étreignant avec
fureur le bras de Cléland. Un ange de candeur
et d'innocence ! Oh ! rétracte sur-le-champ ton
dire... ou, par le ciel ! je ne vois plus en toi le
fils de mon frère, et je venge dans ton sang
l'honneur de celle que tu viens d'outrager !...
Allons, calomniateur ! à genoux...

— Je ne suis pas un calomniateur ! répliqua
Frédéric avec un orgueil plein de tristesse. Milord, j'ai dit la vérité...

— Tu mens ! interrompit lord Felton, les
dents grinçantes.

— Par tout ce qu'il y a de plus sacré, je le jure ! lady Felton est coupable !

—Tu mens ! tu mens, te dis-je !... Mais une preuve, une preuve à l'instant !...

— Vous en aurez, milord, et d'irrécusables! Voilà deux mois environ qu'ils sont d'intelligence.

— Deux mois!... murmura sourdement lord Felton qui sentit comme du plomb fondu couler dans ses veines.

— Depuis deux mois, poursuivit Frédéric, elle admet sir William Humbers presque toutes les nuits dans son appartement...

— Ah ! Frédéric, je veux une preuve à l'instant même... ou, par les cendres de mon père !

je le jure encore, il faut qu'avant une heure
l'un de nous deux soit un cadavre !

— Milord ! dit Frédéric d'un accent noble et
grave, en tirant de sa poche un poignard et le
présentant à son oncle, si j'ai menti, prenez
cette arme et plongez-la dans mon cœur ! Je l'ai
dit !... je tiendrai ma parole : vous aurez la preuve de ce que j'avance... Quoi ! vous m'accusez de
mensonge ! Et dans quel but mentirais-je ?....
dans quel intérêt ?... Milord, je suis bien malheureux si vous me croyez capable de calomnier ma tante et de vouloir corrompre à tout
jamais le repos et la félicité de vos jours ! Non,
milord, vous ne pouvez avoir de moi une si
affreuse opinion ?... Vous seriez bien cruel et
bien injuste ! Votre honneur est le mien !... on
vient de lui faire un outrage, et nous avons tous
les deux notre honneur à venger ! J'en conviens,
milord, quand j'ai connu cet horrible mystère,

je voulais d'abord l'ensevelir à jamais dans mon sein ; mais avais-je le droit de vous le cacher ? l'aurais-je pu sans vous trahir ? Non , milord ! après de longues et douloureuses hésitations , j'ai compris qu'il fallait parler ! J'aurais pu sans doute vous laisser vivre et mourir avec le bandeau sur les yeux ; mais le sceau de la honte qu'on vient d'imprimer sur notre écusson, l'opprobre qu'on fait rejaillir au front de toute une famille, qui donc l'aurait effacé ?... Est-ce qu'il ne fallait pas en laver l'empreinte avec du sang ?... Milord, j'ai voulu faire mon devoir, je le ferai tout entier ! Je suis comme vous un Felton !... j'ai eu part à l'outrage, j'aurai part à la vengeance !...

— Mais la preuve ! la preuve !... s'écria lord Felton dans une fureur indicible.

Frédéric tira de sa poche un papier qui avait

la forme d'une lettre; il le déplia solennellement, et le présenta d'une main tremblante à
son oncle qui le prit avec vivacité.

— Reconnaissez-vous l'écriture? demanda
Cléland.

— Oui!... murmura lord Felton avec une
agitation convulsive.

La lune brillait dans le ciel, et sa lumière,
pâle et douteuse, en tombant sur la lettre, n'y
jetait pas assez de clarté pour qu'on pût lire distinctement.

Lord Felton approcha le papier de ses yeux,
mais il ne pouvait déchiffrer que les premiers
mots; sa vue d'ailleurs était couverte d'un nuage.

Il comprenait bien que cette lettre devait contenir quelque chose d'horrible, quelque trahison infernale!... Dans ces lignes noires et

confuses, il ne pouvait saisir que des lambeaux
de phrases, des sens vagues et incomplets, des
mots brûlants qui lui traversaient le cœur
comme des lames ardentes, comme les dents
empoisonnées d'une vipère. Mais cette lueur incertaine que versaient les rayons de la lune, à
travers un voile de vapeurs, le brouillard qui
semblait flotter devant ses yeux, le chaos de ses
idées, son désespoir, son délire, tout cela peut-
être lui causait d'effroyables hallucinations et
lui faisait lire des mots fantastiques et imagi-
naires.

— Mon oncle, dit Frédéric, donnez-moi cette
lettre... Je sais tout ce qu'elle renferme, je
pourrai la lire.

— Non, Frédéric ! elle ne sortira plus de mes
mains !... Je lirai moi-même ! mais pas ici, pas
ici !... Rentrons...

i   19

Et, saisissant le bras de son neveu, il se dirigea précipitamment vers le château.

Ils rentrèrent.

XVIII.

Quand lord Felton traversa le vestibule, les domestiques remarquèrent le désordre et l'altération de ses traits : il était d'une pâleur mortelle ; ses mouvements paraissaient convulsifs.

Il n'avait pas lâché un instant le bras de sir
Frédéric, et, franchissant avec rapidité les
marches de l'escalier qui menait à son appartement, il en ouvrit la porte avec une étrange vivacité et s'enferma dans sa chambre, à double
tour, avec Cléland. A peine fut-il entré, qu'il
saisit un flambeau et l'approcha du papier qu'il
tenait à la main.

Alors il parcourut, d'un coup d'œil rapide,
toute cette lettre mystérieuse, et se crut encore
sous l'empire d'une horrible fascination ; mais
il ne pouvait plus douter : c'était bien l'écriture
de sir William Humbers ! Il se frottait les yeux et
les ouvrait de toute leur grandeur, comme un
homme qui se réveille en sursaut, après un
épouvantable cauchemar, et qui n'est pas encore bien sûr d'être éveillé.

Non, il est impossible d'imaginer tout ce qu'il

y eut de tortures et d'angoisses, de rage et de
honte, dans le cœur de lord Felton, quand il
put lire enfin ce qui suit :

« Henriette ! Henriette ! vous me faites revi-
« vre !... J'allais mourir, et c'est vous qui m'ar-
« rêtez sur le bord de la tombe ! !...

« Oh ! je suis le plus heureux des hommes ! il
« me semble rêver encore, et je crains, à tout
« moment, de voir s'évanouir le plus céleste
« des songes ! Quoi ! vous m'aimiez, dites-vous !
« depuis longtemps vous m'aimiez comme je
« vous aime, et la pudeur seule enchaînait un
« si doux aveu sur vos lèvres !

« Maintenant je puis mourir, je suis aimé ! !
« Mais non, il me serait trop affreux, il me se-
« rait trop cruel de mourir maintenant !... Oh !

« mon cœur, ne t'arrête pas encore, et bats
« jusqu'à ce soir ! ! !...

« Henriette, bannissez toute crainte : votre
« mari ne peut nous surprendre, j'ai tout prévu.
« O mon ange, ayez confiance en moi, votre
« réputation m'est plus chère que la vie !

« Je m'introduirai cette nuit dans le parc,
« du côté de la mer, à minuit. Je serai sous vos
« fenêtres... à minuit !...

« Adieu ! adieu !...

> « Celui qui ne respire que
> « pour vous aimer, et qui vous
> « aimera d'un amour éternel. »

Lord Felton avait lu cette lettre tout bas ;
mais, à chaque instant, des murmures sourds

et furieux s'échappaient de ses lèvres; une sueur brûlante mouillait son front; ses mains se raidissaient convulsivement comme s'il eût pressé le manche d'un poignard.

On voyait, au mouvement précipité de sa poitrine, que son cœur bondissait.

Pendant ce long et terrible silence, Cléland, debout près de son oncle, le considérait avec un air de profonde douleur, où l'on aurait pu distinguer pourtant une singulière expression d'inquiétude et de malaise.

Et voici l'effrayant monologue qui parlait dans le cœur de ce jeune homme :

— Oh! ce que je fais est infâme! Malheureux! frapper trois personnes d'un coup!... Il faut du sang!... Qu'importe?... Il en faut seulement quelques gouttes... un seul mourra!...

Mais que dis-je, un seul! est-ce que la douleur
ne tue pas comme un coup de poignard? Mon
oncle! mon pauvre oncle! lui, si généreux, si bon!
lui, qui m'a toujours comblé de bienfaits!...

Et tout ce qui n'était pas encore méchant et
corrompu, tout ce qu'il y avait encore de sentiments humains dans l'âme de Frédéric, tout cela
prenait un moment le dessus, et la voix du bon
ange étouffait celle de l'enfer; mais l'esprit du
mal ressaisissait bientôt la victoire, et le sourd
monologue continuait ainsi :

— Allons, plus d'enfantillage! plus de niais
scrupules!... il n'y a pas à choisir : je dois faire
ce que je fais, ou je n'ai plus alors qu'à me jeter, la tête la première, du haut de quelque
rocher! Il ne me reste rien maintenant!... je
suis ruiné, perdu, criblé de dettes!.... les dés,
les cartes et les juifs m'ont dévoré jusqu'au der-

nier lambeau ! Eh quoi ! ce vieux manoir féodal
où dorment mes aïeux, ces forêts, ces montagnes, ces vastes et magnifiques domaines ; tout
cela deviendrait, un jour, la proie d'une chétive
créature, d'un être qui n'a pas même encore de
nom !.. Il aurait tout, lui !.. un misérable enfant... un rêve... un fantôme, qui ne vit pas
encore dans le ventre de sa mère !.. Mais d'ailleurs, est-ce bien le sang des Felton ? Eh, pardieu ! qui peut le savoir ? les femmes !... Ma
très-chère tante est probablement tout comme les
autres... Corbleu ! c'est très-possible !... Il me
semble qu'après sept ans de mariage, cette pa-
ternité-là est assez peu naturelle !... Au surplus,
n'importe ! qu'il soit légitime ou bâtard, malheur ! malheur à cet enfant !!...

Tout à coup lord Felton laissa échapper un
profond gémissement.

— Milord, dit Frédéric en secouant la tête

d'un air grave et mélancolique, eh bien ! le
crime est-il assez prouvé? M'accuserez-vous encore de mensonge?

— Mais la date, la date de ce billet?... s'écria
lord Felton , les yeux toujours fixés sur la lettre
qu'il tournait et retournait dans ses mains, avec
angoisse. Non ! pas de date ! pas de signature!..

— Milord , j'ai trouvé hier ce billet dans le
parc : il était plié dans un autre que j'ai lu aussi... mais qui renfermait des choses , milord ,
des choses si mortelles à l'honneur, que , hors
de moi, je l'ai mis en pièces dans un transport
d'indignation !... L'autre billet , milord , avait
une date !... Oh ! je me la rappelle encore... et
je ne l'oublierai jamais!... c'était le 20 septem-
bre... Dans cette lettre , qu'on a bien certainement écrite après celle que vous tenez , j'ai découvert un secret infâme !... j'ai vu ce que je

n'aurais pas dû voir : notre honte à tous !... Le misérable ! avec quelle joie délirante et quelle ivresse il parlait de son bonheur !... de cet enfant !...

— Oh !!! s'écria lord Felton d'une voix si déchirante qu'on eût dit, à l'entendre, que son cœur venait de se briser.

Et, se cachant le visage dans ses mains, il se laissa tomber anéanti, dans un fauteuil, sans force, sans mouvement, et presque sans haleine.

— Du courage, milord ! du courage! dit Frédéric avec une intonation ferme et vibrante.

Lord Felton releva soudainement la tête :

— Du courage?... murmura-t-il au milieu des sanglots. Oui ! mais la vengeance d'abord !...

la vengeance! Allons, ne me cache rien... je
veux tout savoir.... dis-moi comment cette lettre est tombée dans tes mains...

Frédéric parut un instant recueillir ses idées;
il soupira tristement et dit :

— Hier je me promenais dans une allée sombre du parc, dans cette allée de sapins, dont
milady aime la solitude. Je marchais depuis une
heure, plongé dans mes réflexions, quand soudain je crois entendre la voix de ma tante... je
m'arrête, je prête l'oreille, et j'aperçois, dans
une allée voisine, milady qui se promenait en
lisant un papier. Elle lisait à haute voix ; et,
par moments, quelques lambeaux de phrases
presque inintelligibles arrivaient jusqu'à moi. Je
crus d'abord qu'elle récitait, suivant son habitude, des vers de Shakspeare ou de lord Byron ;
j'écoutai plus attentivement; mais, comme elle

s'éloignait toujours, bientôt je ne pus rien entendre. Cependant je la suivais des yeux, avec une étrange curiosité, car il m'avait semblé voir dans toute sa physionomie un air d'exaltation, dans sa démarche et dans ses mouvements quelque chose d'inexplicable et de fébrile, qui m'étonnaient singulièrement. Après avoir marché quelque temps encore, elle s'approcha d'un banc de pierre et s'assit : alors je remarquai seulement qu'elle ne tenait pas un livre, mais un paquet de lettres. Elle les ouvrit tour à tour, parut en faire la lecture à voix haute, comme je pus le voir au mouvement de sa bouche; puis, quand elle venait de finir une lettre, elle la portait convulsivement à ses lèvres, avant de la serrer dans un portefeuille. Oh! milord, j'étais bien loin, je vous jure, de supposer un crime!... Ma tante demeura longtemps assise à la même place, absorbée dans sa lecture et dans une profonde rêverie. La cloche, qui sonnait pour le déjeuner,

la tira tout à coup de ses réflexions ; elle se leva
précipitamment et disparut dans une allée tour-
nante. Je courais pour la rejoindre , lorsqu'en
passant près du banc de pierre où milady s'était
assise , je vis à terre quelque chose de blanc ,
au milieu des feuilles mortes : je ramassai deux
lettres décachetées , à l'adresse de lady Felton.
L'une des deux était ouverte ; j'y portai machinalement les yeux : quelques mots me firent
tressaillir !... J'avais reconnu l'écriture... c'était
bien celle de William Humbers !...

— Lui ! lui !!... murmura douloureusement
lord Felton en levant les mains vers le ciel.

— Je vous l'ai dit, milord, une de ces lettres
contenait de si horribles détails, que je l'ai frois-
sée, tordue, déchirée entre mes mains, comme
si j'avais tenu le cœur de cet infâme !... Oh !
voilà bien longtemps que, malgré moi, j'avais

senti naître le soupçon dans mon âme !... Je ne
croyais pas, sans doute, à cette affreuse et lâche
trahison, mais j'étais sûr que William Humbers voulait séduire ma tante ! Néanmoins ces
deux lettres ne me semblaient pas encore une
preuve assez forte, assez irrécusable ; je voulais
quelque chose de plus... Malgré moi, j'excusais
ma tante, dans le fond de mon cœur !... Peut-
être même eussé-je anéanti ce billet comme
l'autre, sans vous le montrer jamais !... Oui, ce
fut là, d'abord, ma première pensée !... Mais
hier ! mais hier !...

Il s'interrompit tout à coup ; sa voix, qui allait s'affaiblissant, devint sourde et parut s'éteindre, comme dans une grande épouvante. Il était
pâle, il tremblait.

— Achève !... dit lord Felton avec une inflexion terrible. Eh bien ! hier ?...

— Vous savez que, de ma chambre, je peux
voir les fenêtres de milady!... hier soir, quand
chacun de nous fut retiré dans son appartement,
moi, plein de fureur et de tristesse, je restai
bien longtemps encore à réfléchir sur le parti
que je devais prendre. Cette lettre infâme était
devant mes yeux!... je sentais mon cœur battre
avec impétuosité, comme s'il eût voulu s'élancer de ma poitrine; le sang bouillonnait dans
mes artères, des pleurs de rage et de honte brû-
laient mes joues! J'aurais donné ma vie pour
châtier à l'instant le misérable!... Mais où le rencontrer?... Il était loin de nous!... je le croyais
toujours en Irlande! La nuit était déjà fort avan-
cée, tout le monde reposait dans le château,
excepté moi : avant de me déshabiller, j'ouvris
ma fenêtre pour respirer un instant l'air pur qui
venait de la mer, et rafraîchir ma tête et mes
idées. Je demeurais immobile, accoudé sur la
balustrade, quand il me semble voir, aux rayons

de la lune, comme l'ombre d'un homme qui se glisse à travers les rochers et pénètre dans le parc : je souffle aussitôt ma lumière pour suivre des yeux cet homme, sans être aperçu. Un instant, je le perds de vue dans une allée couverte, mais il reparaît bientôt ; il approche, il approche toujours avec précaution, en s'arrêtant parfois, d'un air inquiet, comme pour s'assurer que personne ne l'observe. Jusque-là, je pouvais croire que c'était quelque malfaiteur, et j'allais éveiller les gens du château pour qu'on s'emparât de cet homme... quand un rayon de lune éclaire son visage... Je crois le reconnaître!...
Il marchait à grands pas vers la terrasse. Enfin, il s'arrête devant le balcon de pierre qui mène à la chambre de milady; il frappe dans ses mains : aussitôt la porte s'ouvre; une femme paraît. Il franchit brusquement les marches du perron; il entre, et la porte se referme à l'instant même...

— C'était lui?...

— C'était lui! répond Frédéric.

—Malédiction!... Et tu ne m'as pas appelé!...
Tu n'as pas tué l'infâme!... Ou plutôt, lâche,
tu n'as pas couru me chercher pour me dire :
Mon oncle, un scélérat vous déshonore! Poi-
gnardez-le vous-même!

— Milord! dit Frédéric avec une vivacité
douloureuse, j'allais m'élancer dans le jardin,
j'allais punir ce misérable!... mais, au moment
de le faire, j'ai réfléchi que je n'avais pas le droit
de vous dérober votre vengeance! Elle est à
vous, milord!... je ne peux en prendre que ma
part. Oui, vengeons-nous! mais sans bruit;
point d'esclandre! Heureusement l'outrage n'est
connu de personne au monde!... Qu'on l'ignore
toujours!

— William ! William !! s'écria lord Felton en se levant avec fureur. Lâche, perfide ami ! Oh ! tu mourras !... Où le trouver ? où le trou- ver ?...

Et, la face bouleversée, les dents serrées et grinçantes, il parcourait toute la chambre à grands pas, en cherchant des armes.

— Mais que me disais-tu, tout à l'heure, Fré- déric ? Qu'il est ici ?... qu'il est venu secrète- ment ?... Viens, viens, courons le chercher !... qu'il meure aujourd'hui même, à l'instant même ! L'indigne ! il irait crier partout qu'il m'a déshonoré ! qu'il a mis l'adultère et la honte dans ma famille, dans la race des Felton ! Viens, Frédéric !... mon ami, mon fils, viens ! courons ensemble ;... prends des armes, fais seller nos chevaux !... Mais tu as raison, pas d'esclandre ! Imagine un prétexte pour ce départ de nuit : moi, je me garderai bien de paraître devant mes

gens... ils se douteraient de quelque chose!...
J'ai la tête perdue!... je suis fou! Je souffre
tant!... Oh! oh! oh!

Et l'on eût dit que sa poitrine allait se rompre, à chaque sanglot, à chaque profond gémissement.

— Ma raison s'égare, n'est-ce pas, Frédéric?... reprit-il en passant vivement une main
sur son front, comme pour débrouiller ses
idées. Oh, oui ! je sens ma tête... Viens, ne per-
dons pas de temps : qu'il meure! S'il me tue,
Frédéric, alors tu prendras mon épée, tu la
plongeras dans son cœur!... Viens! viens...

En parlant ainsi, lord Felton entraînait
Frédéric dans un angle de la chambre, où des
épées, des couteaux de chasse et des pistolets
étaient suspendus à la muraille. Lord Felton

prit deux épées, qu'il mesura l'une contre l'autre
pour voir si elles étaient de même longueur ;
puis, les trouvant semblables, il s'enveloppa
d'un manteau, les cacha dessous, et ressaisit le
bras de Frédéric, en se dirigeant vers la porte.

— Milord, dit Frédéric en l'arrêtant, ne fai-
sons pas de bruit, je vous en conjure ! Il est inutile de sortir du château pour aller chercher sir
William.... il va venir de lui-même s'offrir à
notre vengeance... Cette nuit, comme hier, on
l'attend !

— Cette nuit !... Oh ! tant mieux !... s'écria
lord Felton avec une joie sombre et douloureuse. Mais à quelle heure?

— A minuit ! dit Frédéric ; à minuit nous
verrons s'ouvrir la porte du balcon !... Il faut
attendre un quart d'heure encore, avant de sor-

tir; les domestiques sont couchés, on nous croit
endormis : nous irons dans le jardin, par ce
couloir obscur dont vous gardez la clef. Alors,
mon oncle, vous pourrez voir, de vos yeux,
que je vous ai dit la vérité; que cette lettre n'est
pas une vaine fanfaronnade, un thème romanesque, imaginaire, de sir William! Mais, je
vous en supplie, de la prudence! contenez-vous,
au moins pendant quelques minutes!... Ensuite
la vengeance!...

Lord Felton ne détachait pas ses regards du
cadran de la pendule, où l'aiguille approchait
de minuit. Mille projets, furieux et contradictoires, bouillonnaient dans sa tête, comme le sang
dans ses veines : il ne savait auquel s'arrêter.
Brûlant d'impatience et de rage, il voulait tantôt courir à la chambre de sa femme, lui dire
qu'il savait tout, attendre l'infâme et le poignar-
der devant elle; tantôt, désespéré, fou, délirant,

il voulait s'élancer au-devant de sir William, le
saisir au passage, le provoquer dans un duel à
mort, le tuer, le briser, le fouler sous ses pieds.
Mais, à force de prières, Cléland était parvenu à
retenir son oncle.

Cependant l'heure était presque arrivée.

— Sortons! dit Frédéric. Il est temps!

Puis, s'emparant des épées que tenait son
oncle, il ouvrit la porte avec précaution : tous
deux, ils traversèrent dans l'ombre les longues
galeries, et descendirent plusieurs degrés qui
menaient dans un corridor souterrain, lequel
aboutissait, par une porte de fer, à la terrasse du
château.

Ils se glissèrent le long des murailles, jusqu'au balcon de pierre conduisant à la chambre de lady Felton ; et, n'entendant pas encore

de bruit, ne voyant personne, ils demeurèrent
quelque temps immobiles et debout, muets, dans
l'ombre d'une allée de sapins.

XIX.

Minuit sonnait à l'horloge du château.

— Enfin ! dit lord Felton, en serrant la garde
de son épée avec une force convulsive.

La lune, qui brillait dans le ciel quelques

heures auparavant, avait disparu derrière un
amas de nuages ; de temps à autre , un rayon
pâle et douteux perçait le voile de vapeurs , et
flottait sur le feuillage sombre du parc; un vent
impétueux soufflait de la mer, et l'on entendait
le mugissement des vagues qui se brisaient avec
violence contre les rochers de la côte.

Lord Felton promenait de tous côtés, autour
de lui, des yeux hagards : il attendait sir William Humbers avec une impatience pleine de
fureur.

Cependant personne encore ne paraissait : les
fenêtres de lady Felton n'étaient pas éclairées ;
la porte du balcon ne s'ouvrait pas.

— Eh bien ! dit lord Felton d'une voix basse
et tremblante, il ne vient pas, cet homme !...
pourtant l'heure est passée.... Frédéric, Frédé-

ric, oh! n'as-tu pas été le jouet d'une illusion?
Es-tu sûr d'avoir vu ce que tu dis?...

— Mon oncle, je voudrais douter encore !...
répliqua tristement Frédéric. Hélas! hélas !
mieux vaudrait sans doute que vous pussiez encore m'accuser de mensonge ou d'erreur!...
Mais patience! patience!... il va venir !... il ne
peut être loin...

Et le silence régna quelques instants. Les yeux
de Frédéric se tournaient continuellement avec
une étrange inquiétude vers les fenêtres de lady
Felton : par moments il tressaillait comme s'il
venait d'entendre ou d'apercevoir quelque chose ;
mais il n'entendait rien que le bruit des lames et
le frémissement du feuillage secoué par le vent.

Tandis que Frédéric s'abandonnait à mille
réflexions pleines d'anxiété, son oncle, muet, la

poitrine haletante, avait le cœur en proie à
d'horribles tortures, à d'horribles pensées qui
l'étreignaient comme les mains de fer et les instruments du bourreau.

Cette lettre où le crime de sa femme, où la
honte de son nom apparaissaient à chaque ligne,
c'était bien, pensait-il avec la rage au fond de
l'âme, c'était bien la même lettre que lady Felton avait perdue, et qu'elle cherchait dans toutes
les allées du parc avec des gestes et des mouvements pleins d'angoisses, avec une expression
de visage si profondément altéré !

Une voix lamentable pleurait dans son cœur ;
cette voix disait :

— Ah, malheureux ! moi qui l'aimais tant !...
elle que je croyais un ange !... Ainsi donc le dia-
mant n'était que de la boue ! Et lui, cet homme

que j'aurais cru si noble et si généreux ! lui que
j'appelais le meilleur de tous mes amis ! oh !
ce n'était qu'un lâche qui me serrait la main
pour me déshonorer!... Jamais, jamais on n'a
poussé plus loin l'hypocrisie! Avec ces beaux
semblants de vertu... oh ! c'est l'enfer en personne! Hélas! à qui me fier maintenant? je suis
trahi, je suis assassiné par tout ce que j'aimais !

Et Frédéric, qui sentait couler une sueur froide
de ses tempes et qui frémissait jusque dans la
moelle des os, ne détachait pas ses yeux du balcon de pierre.

— Comme il tarde! pensait-il, c'est étrange !
il est déjà dans l'appartement, j'en suis bien
sûr!... Oh! comment cette fille ne trouve-t-elle
pas un moyen pour le faire partir! S'il allait
s'apercevoir, grand Dieu!... C'est maintenant

que mon destin se décide!... je frissonne!... Dans
un instant, il faut que je sois meurtrier ou que je
me tue!... oui, le suicide ou le meurtre!...
Mais si ma tante allait s'éveiller tout à coup! si
la ruse échouait! Oh! pourvu que cette petite
folle de Nelly ait donné le breuvage!...

Un bruit soudain lui fit tourner vivement la
tête : c'était comme le pas d'un homme qui s'a-
vance avec précaution, et qui ne peut s'empêcher
de faire quelque bruit en marchant au milieu des
feuilles mortes.

— C'est lui! dit lord Felton en s'élançant vers
le taillis sombre d'où partait le bruit. Viens,
Frédéric! Il est mort! il est mort!...

— Au nom du Ciel, contenez-vous! murmura Cléland d'une voix frémissante. Pas encore... attendez... plus loin du château!... On

viendrait à ses cris ! on viendrait !... Alors
tout serait perdu ! le châtiment dénoncerait le
crime !

Il parlait d'un accent agité et retenait son oncle
à deux mains, employant, tout ensemble, la force
et les tendres supplications.

Cependant Frédéric était dans une angoisse
impossible à décrire, car ce bruit qu'il venait
d'entendre, ces pas qui résonnaient sur les
feuilles sèches, ce ne pouvait être sir William
Humbers ! Frédéric avait bien pris toutes ses
mesures : il n'était pas homme à laisser avorter
une entreprise, faute de calcul et de réflexion.
Sir William était bien certainement déjà dans
l'intérieur du château : il avait dû y pénétrer
mystérieusement par une autre porte qui donnait sur une cour. Le colonel Humbers avait
reçu dans la journée quelques mots tracés au

crayon, qui lui disaient de ne pas attendre sous
les fenêtres du balcon, et de s'introduire dans
l'appartement par un autre côté.

Mais qui pouvait à cette heure rôder furtive-
ment dans le parc? Qui pouvait, au milieu de
la nuit, venir épier dans l'ombre les sourds
complots de Frédéric?... voilà ce qu'il se demandait avec un frissonnement d'épouvante,
car il n'en pouvait douter, une créature hu-
maine était près d'eux, les surveillant peut-
être, invisible et muette, au milieu des ténèbres.

Frédéric commençait à craindre que cette
infernale trame, ourdie avec tant de peine et
d'adresse, ne vînt à se rompre misérablement
par une circonstance qu'il était impossible de
prévoir, et que le hasard peut-être avait seul
amenée. Tandis qu'il se livrait à mille conjec-

tures, un reflet de lune éclaira soudain le fond
sombre d'un taillis, au milieu duquel Frédéric s'élança rapidement, un poignard à la
main.

A peine lord Felton l'avait-il vu disparaître,
que Frédéric, sortant avec une extrême vivacité du noir taillis qui le cachait, courut à
son oncle et lui dit, d'une voix très-émue, qu'il
n'y avait personne, et que ce bruit sans doute
provenait de quelque renard qui se creusait
un terrier.

Mais l'accent de Frédéric était singulièrement altéré ; une pâleur affreuse couvrait son
visage, et tout, dans sa physionomie comme
dans ses gestes, annonçait le trouble et la
frayeur. C'est qu'il venait de faire une singulière
rencontre, à laquelle il était bien loin de s'at-

tendre !... Ce personnage , mystérieux et muet dans l'ombre, c'était Job Griffith.

— Eh bien ! dit lord Felton avec un mélange de colère et d'étonnement, personne ! personne encore !... Frédéric, ce n'est pas vrai ! tu m'as trompé !...

— Il ne descend pas !... que peut-il faire ? pensait Frédéric , les dents grinçantes. Oh ! s'il n'était pas venu !...

Soudain la porte du balcon s'entr'ouvrit, lentement d'abord , avec précaution , puis toute grande : un homme en sortit sur la pointe du pied. Cet homme, enveloppé d'un manteau qui tombait jusqu'à terre, était grand ; on ne voyait pas sa figure, sur laquelle un chapeau à larges bords projetait de fortes ombres. La porte ve-

nait de se refermer à moitié : une main blanche, une main de femme sortit par l'entre-bâillement de la porte ; puis l'homme au grand
manteau prit cette main qu'il approcha de ses
lèvres, et la porte se referma vivement.

— Oh!!! s'écria lord Felton, d'une voix
étouffée.

Et si Frédéric ne l'eût retenu fortement dans
ses bras, en le suppliant de garder le silence,
lord Felton, altéré de vengeance, se fût précipité
contre Villiam Humbers.

Celui-ci, qui ne pouvait les apercevoir immobiles et cachés dans l'ombre des sapins, descendit rapidement les marches du perron, et,
se glissant dans une allée ténébreuse, il se dirigea du côté de la mer.

— A nous maintenant ! dit Frédéric ; mais
frappons-le à quelque distance du château, derrière une falaise....

—- Oui ! murmura lord Felton. Je ne l'assas-
sinerai pas ! c'est l'épée à la main que je ven-
gerai mon honneur ! Viens... le Ciel est juste...
qu'il mette l'infâme au bout de mon épée,
voilà tout ce que je demande !... Que Dieu
lui pardonne si je ne l'étends pas mort à mes
pieds !

En parlant ainsi, lord Felton entraînait Frédéric vers les rochers : ils furent bientôt sortis
du parc, et s'élancèrent à la poursuite de leur
ennemi qui, se croyant en sûreté, commençait
à ralentir sa fuite.

Un assez long intervalle de sable et de ro-

chers les séparait encore. De temps à autre, sir
William disparaissait derrière un monticule, et
lord Felton, ne le voyant plus, tremblait qu'il
n'échappât dans l'ombre. Alors, redoublant de
vitesse, il entraînait plus fortement son neveu,
et ne respirait, dans sa course haletante, qu'au
moment où sir William reparaissait dans les
rochers.

— Maintenant, dit Frédéric, nous sommes
assez loin du château... Nous pouvons le joindre
et l'attaquer...

— Tu seras notre témoin, Frédéric ! Donne-
moi l'autre épée, elle est pour lui !

— Non, moi d'abord, ô mon oncle !... vous
ensuite !...

— Frédéric, tu l'as dit !... c'est ma ven-

geance!... elle appartient à moi seul!... L'autre
épée! l'autre épée! Donne...

Et lord Felton la prit violemment des mains
de son neveu. Ils marchaient d'un pas plus rapide ; déjà la distance qui les séparait de William
Humbers était moins grande : sir William pouvait déjà entendre les pas de ceux qui le poursuivaient. Il se retourna vivement, et vit deux
hommes courant derrière lui. Sa première
pensée fut de les joindre ; car Humbers était
plein de résolution et de bravoure ; il n'avait
jamais connu la frayeur.

Souvent les contrebandiers se cachaient au
milieu des rocs et des falaises, pour attendre
l'arrivée de quelque barque chargée de mar-
chandises, qu'ils faisaient échouer sur le sable,
à la marée basse ; et ces hommes, habitués au
crime, ne laissaient échapper aucune occasion
de voler et de s'enrichir, fût-ce à l'aide d'un

meurtre. Le colonel Humbers n'ignorait point
cela, mais il avait trop de courage et d'orgueil
pour fuir jamais devant quelques misérables,
que dispersait la vue d'un poignard ou d'une
arme à feu.

Les deux hommes qui le poursuivaient n'a-
vaient plus à franchir qu'une cinquantaine
de pas, et sir William les attendait de pied
ferme, un couteau de chasse à la main ; mais,
ne reconnaissant pas, dans ces deux hommes
enveloppés de manteaux, le costume pauvre et
les haillons des contrebandiers, il fit tout à
coup la réflexion que c'étaient peut-être quelques domestiques du château, qui, l'ayant vu
traverser le jardin, l'avaient pris lui-même pour
un malfaiteur, et s'étaient mis à le poursuivre.

Alors, tout le courage de sir William ne
devait-il pas frémir à l'idée qu'un seul regard,

une seule parole échangée avec ces deux personnes, pouvait le trahir et compromettre l'honneur d'une femme qu'il aimait ! Sir William
avait trop de générosité dans l'âme pour songer à lui seul dans une semblable rencontre :
il comprit donc que, sans plus attendre ces
hommes, quels qu'ils fussent, son honneur,
son amour l'engageaient à fuir comme un
lâche. Alors il précipita sa marche : ceux qui
venaient derrière lui s'attachèrent à ses pas
avec plus d'acharnement... ils allaient le joindre : sir William entendait confusément leur
respiration haletante; il n'osait plus tourner
la tête de peur d'être reconnu. Déjà il commençait à gagner du terrain, et pressait toujours la rapidité de sa course; lorsqu'il fit
un faux pas contre un fragment de rocher,
et tomba sur la plage, embarrassé dans les
plis de son manteau. Il se releva prompte-
ment; mais ses deux ennemis avaient profité

de sa chute, et n'étaient plus éloignés que de
vingt pa ɼAlors, pour donner plus de liberté
à ses mouvements, il jeta derrière lui son
manteau qui, n'étant pas celui qu'il portait
d habitude, ne pouvait le faire reconnaître.

En effet, sa course devint plus légère et plus
facile : il s'élança vivement dans le creux d'un
ravin sombre, plein de rocs et de broussailles, derrière lesquels il pourrait au moins
se cacher, s'il ne parvenait pas à lasser la poursuite de ses deux ennemis.

Quelques minutes après, il tourna la tête :
ses persécuteurs avaient sans doute perdu sa
trace ; il était seul encore dans le ravin.

Alors il précipite le pas ; mais sa course était
difficile, et bien souvent ralentie , au milieu de
l'obscurité profonde qui régnait dans cette

gorge tout obstruée de pierres énormes, de
débris et de troncs d'arbres, entraînés par l'eau
d'un torrent qui se précipitait des montagnes,
grossi par le moindre orage. Ce torrent n'était
plus alors qu'un petit ruisseau qui fuyait vers la
mer dans un lit de rocs.

Sir William posait le pied au hasard et marchait rapidement dans l'ombre, à tâtons, les
bras en avant.

Après un quart d'heure environ de cette
course ténébreuse et fatigante, l'horrible dé-
filé qu'il suivait parut tout à coup s'élargir ;
la pente était plus rapide et plus escarpée, les
blocs de roche plus vastes et moins fréquents.
Sir William se croyait sauvé : il se disposait à
gravir l'escarpement sombre qui l'enfermait de
chaque côté comme une haute muraille, lorsqu'en s'approchant des parois toutes hérissées

de pierres et de broussailles, il sentit la terre s'é-
bouler sous ses pieds, et n'eut que le temps de
saisir à deux mains un large tronc d'arbre,
auquel il se cramponna convulsivement.

Un bruit sourd, comme celui d'une eau profonde et souterraine, se faisait entendre à quelque distance : sir William avait pris d'abord
ce confus murmure pour le bruit des vagues et
du vent, mais il comprit soudain qu'une onde
rapide et invisible roulait dans le fond d'un
abîme, au-dessus duquel il était, lui, comme
suspendu. Un frisson glacé parcourut tout son
corps, ses cheveux se dressèrent; il s'éloigna
du gouffre avec épouvante, et, les bras étendus,
il regagna le milieu du ravin, et le suivit presque en tremblant.

Il respirait à peine, sa poitrine était comme
écrasée d'un lourd fardeau; il avait hâte de

quitter ce noir chemin tout bordé de précipices;
et, malgré son courage, malgré sa force d'âme
et la trempe vigoureuse de sa nature, sir William eut le cœur soulagé d'un grand poids quand
il se trouva brusquement dans une route moins
obscure et plus unie, dont les bords, en pente assez douce, lui semblaient de moins pénible esca-
lade. Après avoir franchi ce talus à grand'peine,
il se voyait presque en rase campagne, sur un
vaste plateau recouvert de genêts et de bruyères.
Connaissant peu ces localités sauvages où l'on
s'égare si facilement, la nuit surtout, sir William promenait les yeux de toutes parts, et
cherchait à s'orienter, lorsqu'une voix forte
et menaçante frappa tout à coup son oreille : il
tourna vivement la tête, et vit derrière lui deux
hommes, les mêmes qui l'avaient poursuivi si
longtemps sur la plage.

— Sir William! arrête, infâme!.. criait la
voix. Il faut que tu meures!...

Le colonel Humbers demeura un instant
comme pétrifié : il avait reconnu cette voix ,
il avait reconnu l'un de ces hommes !

FIN DU TOME PREMIER.

Publications

D'AMBROISE DUPONT,

Libraire-Éditeur,

7, rue Vivienne, à Paris.

CATALOGUE.

30 Novembre 1858.

1838

Pour paraître en Décembre.

LE NEVEU D'UN LORD,

PAR JULES LACROIX,

Deux volumes in-8°. — Prix : 15 francs.

Les Tomes 5 et 6 DES

SOUVENIRS

D'UN ENFANT DU PEUPLE,

PAR MICHEL MASSON.

2 vol. in-8°. — Prix : 15 fr.

LE NAUFRAGE

ET LE DÉSERT,

Par M. Creuzé De Lesser.

1 vol. in-8°. — Prix : 7 fr. 50 c.

Tout pour de l'Or,

PAR HYPPOLITE AUGER.

2 vol. in-8°. — Prix : 15 fr.

Récentes Publications.

SOUVENIRS

DE

M. BERRYER,

Doyen des avocats de Paris,

DE 1774 A 1858.

2 vol. in-8°. — Prix : 15 fr.; par la poste, 18 fr.

LA

MARÉCHALE DE St-ANDRÉ

Par M. J. Brisset.

DEUXIÈME ÉDITION. — 2 vol. in-8°. — 15 fr.

LE

MARCHAND DU HAVRE,

PAR

P.-L. Jacob (BIBLIOPHILE).

1 vol. in-8°. — Prix : 7 fr. 50 c.

LES

Trois Aveugles,

PAR AUGUSTE ARNOULD,

l'un des Auteurs de *Struensée,*

ET

Alexandre de Lavergne.

4 vol. in-8°. — Prix : 7 fr. 50 c.

BERTRAND DE BORN
par Mary Lafon.
2 vol. in-8°. — Prix : 15 fr.

SOUVENIRS
D'UN ENFANT
DU PEUPLE,
Par MICHEL MASSON.
Tomes I à IV, prix : 50 fr.

LES MÉMOIRES DU DIABLE,
Par FRÉDÉRIC SOULIÉ.
8 vol. in-8°. — 60 fr. — (L'ouvrage est complet.)

LE GÉNIE D'UNE FEMME,
Par M. J. BRISSET,
AUTEUR DES TEMPLIERS.
2° Édition. — 2 volumes in-8. — Prix : 15 francs.

ANGELICA KAUFFMANN,
PAR
M. LÉON DE WAILLY,
2 vol. in-8°. — Prix : 15 fr.

SAINT-JEAN
LE MATELOT,

Par MAURICE SAINT-AGUET.

Deuxième Édition.

2 vol. in-8°. — Prix : 15 fr.

UN MÉDECIN
D'AUTREFOIS,

Par M. FABRE D'OLIVET.

Deuxième édition. — 2 vol. in-8°. — Prix : 15 fr.

Souvenirs Intimes
DU
TEMPS DE L'EMPIRE,

PAR
M. ÉMILE MARCO DE SAINT-HILAIRE,

Auteur des *Mémoires d'un Page du Palais impérial*, etc., etc.

2 volumes in-8°. — Prix : 15 francs.

MÉMOIRES D'UN TOURISTE,

par l'auteur de ROUGE ET NOIR.

Deux volumes in-8°. — Prix : 15 francs.

CHAVORNAY,

PAR CHARLES DIDIER,

Auteur de Rome Souterraine.

2ᵉ Édition. — 2 volumes in-8°. — 15 francs.

LE CHEVALIER

PAR

Charles Didier,

Auteur de *Rome souterraine* et de *Chavornay*.

DEUXIÈME ÉDITION. — 2 volumes in-8°. — Prix : 15 fr.

A LA BELLE ÉTOILE,

PAR AUGUSTE ARNOULD,

L'un des Auteurs de STRUENSÉE.

2ᵉ Édition. — 2 volumes in-8°. — Prix : 15 francs.

UNE FAMILLE S'IL VOUS PLAIT!

Par CLÉMENCE ROBERT.

2 vol. in-8°. — 15 fr.

UN CŒUR

POUR DEUX AMOURS,

Par JULES JANIN.

1 volume in-8°. — 7 fr. 50 c.

L'ANE MORT

ET LA FEMME GUILLOTINÉE,

Par Jules Janin.

Nouvelle édition, entièrement revue et corrigée.

1 vol. in-8°. — Prix : 7 fr. 50 c.

NE TOUCHEZ PAS A LA REINE !

Par MICHEL MASSON.

1 vol. in-8°. — 7 fr. 50 c.

ALPES

ET

DANUBE,

VOYAGE EN SUISSE, STYRIE, HONGRIE ET TRANSYLVANIE,

Par le Baron d'HAUSSEZ.

2 volumes in-8°. — Prix : 15 francs.

LES SOIRÉES

DE JONATHAN,

Par X.-B. SAINTINE.

2 vol. in-8°. — 15 fr.

PICCIOLA,

Par X.-B. SAINTINE.

1 vol. in-8°. — Prix : 7 fr. 50 c.

LE MÊME OUVRAGE ; 1 beau volume grand in-18. — Prix : 3 fr. 50 c.

MÉMOIRES
DE FLEURY,

de la Comédie-Française,

RÉDIGÉS SUR DES NOTES AUTHENTIQUES ET PUBLIÉS

Par J.-B.-P. LAFITTE.

6 volumes in-8°. — Prix : 45 francs (l'ouvrage est complet).

SHAKSPEARE DES DAMES,

30 magnifiques portraits de dames avec texte français,

UN SUPERBE VOLUME,

reliure de luxe en maroquin doré. — Prix : 56 fr.

LA FEMME DU MONDE

ET

LA FEMME ARTISTE,

Par H. AUGER.

2 volumes in-8°. — Prix : 15 francs.

MÉMOIRES

DE

L'ABBÉ GRÉGOIRE,

ANCIEN ÉVÊQUE DE BLOIS, etc.

2 vol. in-8°, ornés du portrait de l'auteur. — 15 fr.

ÉTUDES POLITIQUES ET HISTORIQUES,

Par l'auteur de la *Revue politique de l'Europe* en 1825, etc.

1 volume in-8°. — Prix : 6 fr.

LE BRASSEUR-ROI,

Par M. le Vicomte d'ARLINCOURT.

4 vol. in-12. — 6 fr.

Christ et Peuple,

PAR AUGUSTE SIGUIER.

1 volume in-8°. — Prix : 6 francs.

MON AMI NORBERT,

Par M. MORTONVAL.

3 volumes in-12. — Prix : 4 fr. 50 c.

LE VAGABOND,

Par M. MERVILLE.

4 volumes in-12. — Prix : 6 francs.

LE BARON DE L'EMPIRE,

PAR M. MERVILLE.

3 volumes in-12. — Prix : 7 fr. 50 centimes.

Bibliothèque de Romans Modernes

A 3 fr. 50 c. le volume in-8°.

Frédéric Soulié.

LES QUATRE ÉPOQUES,

2 volumes in-8°.

SATHANIEL,

2 volumes in-8°.

LE VICOMTE DE BÉZIERS,

2 volumes in-8°.

LE

CONSEILLER D'ÉTAT,

2 volumes in-8°.

LES

DEUX CADAVRES,

2 volumes in-8°.

LE MAGNÉTISEUR,

2 volumes in-8°.

LE COMTÉ DE TOULOUSE,

2 vol. in-8°.

Vᵗᵉ d'Arlincourt.

L'HERBAGÈRE,

2 vol. in-8°.

LE SOLITAIRE,

1 volume in-8°.

LE RENÉGAT,

1 volume in-8°.

DOUBLE RÈGNE,

CHRONIQUE DU XIIIᵉ SIÈCLE ;

2 vol. in-8°.

N. Fournier et A. Arnould.

STRUENSÉE,

HISTOIRE DANOISE DE 1769,

2 vol. in-8°.

X.-B. Saintine.

—

LE MUTILÉ,

1 vol. in-8°.

UNE MAITRESSE DE LOUIS XIII,

2 vol. in-8°.

—

Michel Masson.

—

THADÉUS-LE-RESSUSCITÉ,

2 vol. in-8°.

UNE

COURONNE D'ÉPINES

2 vol. in-8°.

UN

COEUR DE JEUNE FILLE,

1 vol. in-8°.

—

Jules Janin.

—

LE CHEMIN
DE TRAVERSE,
2 vol. in-8°,

———

Mortonval.

—

Un Secret d'Etat
1 volume in-8°.

CHARLES DE NAVARRE,
2 volumes in-8°.

DON MARTIN GIL,
2 volumes in-8°.

———

LES TEMPLIERS,
Par M. J. Brisset.
2 vol. in-8°.

———

LES MONTAGNARDS

DES ALPES,

Par FABRE D'OLIVET.

2 volumes in-8°.

MADEMOISELLE

DE MONTPENSIER,

Par THÉODORE MURET.

2 volumes in-8°.

LES GUÉRILLAS,

Par le Comte de LOCMARIA.

2 volumes in-8°.

SOUS LES VERROUS,

Par HIPP. RAYNAL,

Auteur de Malheur et Poésie.

1 vol. in-8°.

CHRISTOPHE SAUVAL,

ou

les Deux Familles.

Par ÉMILE DE BONNECHOSE.

2 volumes in-8°.

LE CANDIDAT,

Par la Baronne de LOS VALLES.

2 volumes in-8°.

NAPOLÉON,

POËME,

Par EDGAR QUINET.

1 vol. in-8°.

FIN DE LA BIBLIOTHÈQUE.

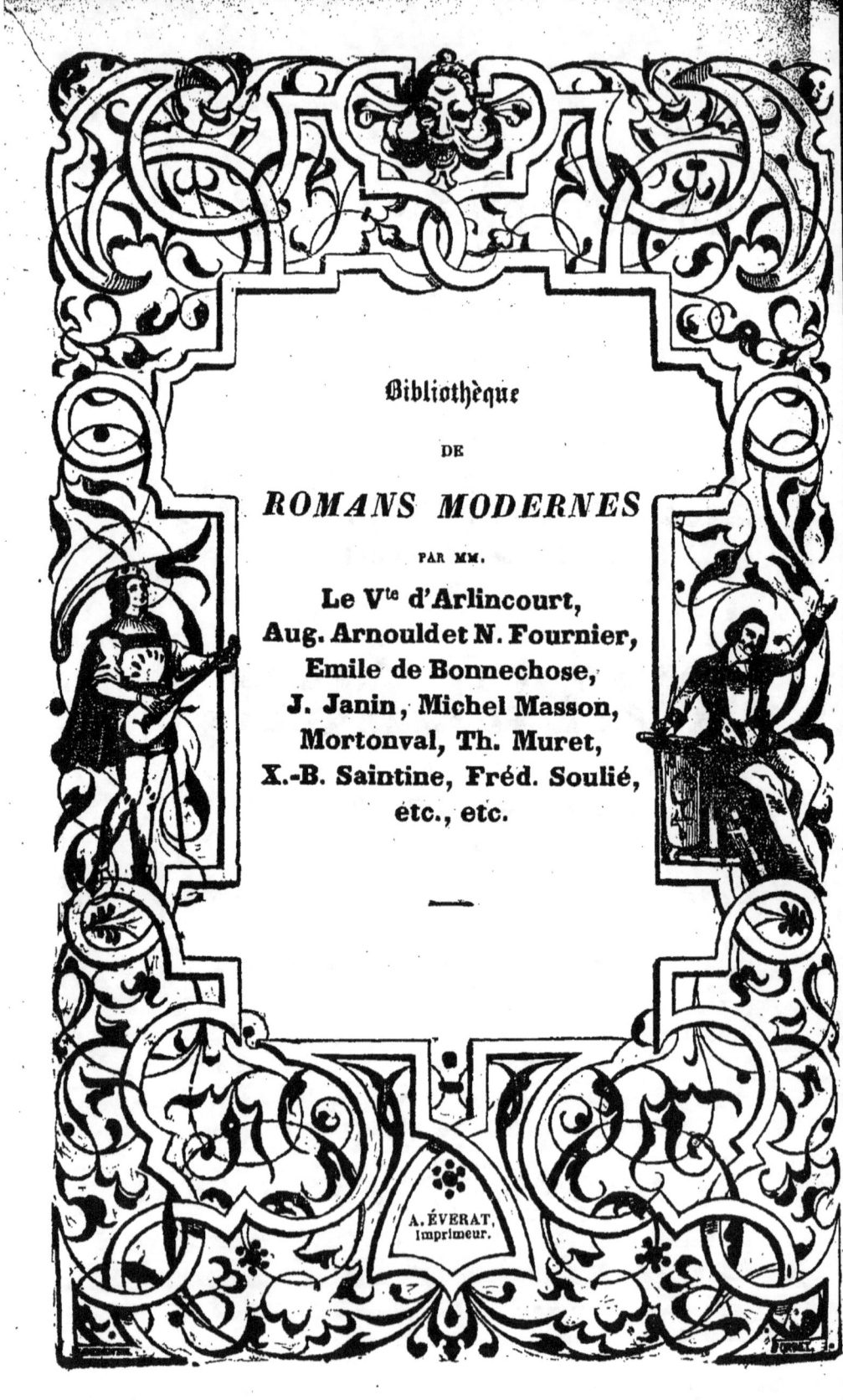

Bibliothèque

DE

ROMANS MODERNES

PAR MM.

**Le Vte d'Arlincourt,
Aug. Arnould et N. Fournier,
Emile de Bonnechose,
J. Janin, Michel Masson,
Mortonval, Th. Muret,
X.-B. Saintine, Fréd. Soulié,
etc., etc.**

—

A. ÉVERAT,
Imprimeur.

PROCHAINES PUBLICATIONS D'AMBROISE DUPONT.

GABRIELLE, par Mme Ancelot, auteur de *Marie, ou Trois
Époques*, comédie en trois actes, jouée au Théâtre-Français,
et de *Isabelle, ou Deux jours d'expérience*, comédie en
trois actes, jouée au même théâtre, etc., 2 vol. in-8° . . . . 15 »

LA VIE LITTÉRAIRE, par JULES JANIN, 2 vol. in-8°. 15 »

LES DEUX JOSÉPHINE, OU MÉMOIRES DU COMTE DE
COEUVRI, publiés par X.-B. Saintine, 4 vol. in-8°. . . . 50 »

SOUVENIRS D'UN ENFANT DU PEUPLE, par
Michel Masson ; tomes 5 et 6. . . . . 15 »

LE GANTIER D'ORLÉANS (1560), par J.-B.-P.
Lafitte, rédacteur des *Mémoires de Fleury*, de la Comédie-
Française, 2 vol. in-8°. . . . . 15 »

UN ROMAN INÉDIT de l'auteur de *Rouge et Noir*,
2 vol. in-8°. . . . . 15 »

LES TROIS CHATEAUX, par M. le VICOMTE D'ARLIN-
COURT, 2 vol. in-8°. . . . . 15 »

UN MARTYRE, par Jules Lefèvre, auteur de *Sir Lionel
d'Arquenay*, 2 vol. in-8°. . . . . 15 »

LE COMTE DE FOIX, par FRÉDÉRIC SOULIÉ, 2 vol.
in-8° . . . . 15 »

JEAN DE PADILLA, par Narcisse Fournier, l'un des
auteurs de *Struensée*, 2 vol. in-8°. . . . . 15 »

UNE PENSÉE SECRÈTE, par Auguste Arnould, l'un
des auteurs de *Struensée*, 2 vol. in-8°. . . . . 15 »

LA MARQUISE DE CHATILLARD, par P. L. Jacob,
bibliophile ; 2 vol. in-8°. . . . . » »

LA RENTE VIAGÈRE, par Jules Lacroix ; 2 vol. in-8°. » »

LE NAUFRAGE ET LE DÉSERT, par M. Creuzé
de Lesser ; 1 vol. in-8°. 7 50

TOUT POUR DE L'OR, par Hippolyte Auger, 2 vol.
in-8°. . . . . 15 »

THÉCLA, par Charles Didier, auteur de *Chavornay* et du
Chevalier Robert, 2 vol. in-8°. . . . . 15 »

IMPRIMERIE D'ADOLPHE ÉVERAT ET Ce,
rue du Cadran, 14 et 16.